biblio Conte collège

Le Chêne parlant

GEORGE SAND

Notes, questionnaires et dossier Bibliocollège
Cécile MENEU,
certifiée de Lettres modernes,
professeur en collège

Crédits photographiques :
p. 4 : Photothèque Hachette. **pp. 9, 11 :** Don de George I. Seney (1887), Met Fifth Avenue. **pp. 10, 28, 45, 72, 81 :** Photothèque Hachette.

La bande dessinée, pages 5 à 8, a été réalisée par Jazzi, sur un scénario de Cécile Meneu.

Conception graphique
Couverture : Stéphanie Benoit
Intérieur : GRAPH'in-folio

Édition
Fabrice Pinel

Mise en pages
APS-ie

Dossier du professeur téléchargeable gratuitement sur :
www.enseignants.hachette-education.com

ISBN : 978-2-01-713289-9

Achevé d'imprimer en Février 2021 en Espagne par Black Print – Dépôt légal : Mars 2021 – Édition 01
17/9002/7

Sommaire

1 L'auteur

2 *Le Chêne parlant* (texte intégral)

3 Dossier Bibliocollège

L'essentiel sur l'auteur

Née à Paris, Aurore Dupin est élevée par sa grand-mère paternelle au domaine de Nohant, dans le Berry, dont les paysages, les habitants et les légendes l'inspireront.

Séparée de son mari en 1830, elle vit de sa plume, prend le pseudonyme de George Sand et mène une existence très libre qui fait scandale. Elle défend la liberté des femmes et s'investit politiquement.

AURORE DUPIN, DITE GEORGE SAND (1804-1876)

Ses contemporains artistes :

- Les écrivains **Victor Hugo**, **Musset** et **Flaubert**.
- Le peintre **Eugène Delacroix**.
- Les musiciens **Frédéric Chopin** et **Franz Liszt**.

Les personnalités politiques clés :

- Le roi **Louis-Philippe**, de 1830 à 1848.
- Le président puis empereur **Napoléon III**, de 1848 à 1870.
- Le président **Adolphe Thiers**, de 1871 à 1873.

Biographie

Aurore Dupin, future George Sand, naît à Paris en 1804.
Nous l'appellerons Aurore, comme ma mère !
Orpheline de père à 4 ans, Aurore est élevée par sa grand-mère paternelle au domaine familial de Nohant. Elle suit l'enseignement d'un précepteur bienveillant, M. Deschartres, et découvre la nature et la liberté.
1818. Adolescente, Aurore néglige les bonnes manières...
Ma petite-fille, vous êtes intelligente, mais, pour vos bêtises, vous irez en pension à Paris.
Tant mieux ! Je verrai Maman plus souvent...

À 16 ans, Aurore rentre à Nohant. Elle soigne sa grand-mère, très malade, et aide à la gestion de la propriété.
Après ma mort, Nohant sera à vous. Mais il faut vous marier, Aurore.
En 1822, Aurore épouse Casimir Dudevant, un jeune sous-lieutenant. Ils ont deux enfants : Maurice et Solange. Aurore n'est pas heureuse. Fin 1830, elle se sépare de Casimir et s'installe à Paris.
1832. Après avoir fait paraître quelques textes avec le romancier Jules Sandeau sous le nom de Jules Sand, Aurore publie seule un premier roman. Elle conserve le nom de Sand, mais doit changer de prénom. C'est un succès !
George, sans s, à l'anglaise !
Indiana, pour moi, est bien meilleur que *Notre-Dame de Paris*, le nouveau roman de Victor Hugo !

George Sand acquiert son indépendance financière en publiant beaucoup.
Elle voyage, s'occupe de ses enfants et mène librement sa vie amoureuse....

George Sand mène une grande activité politique et fonde, en 1844, *L'Éclaireur de l'Indre*, puis *La Cause du peuple*, peu après la proclamation de la République (1848).
CAUSE DU PEUPLE
GEORGE SAND
En 1850, George Sand rencontre le graveur Alexandre Manceau. Jusqu'à sa mort en 1865, il sera son amant et son fidèle secrétaire.
GUSTAVE
FLAUBERT
George Sand ne cesse d'écrire. Pour ses petites-filles et les autres enfants de Nohant, elle rédige des contes, sa dernière œuvre. Elle décède le 8 juin 1876, après une courte et douloureuse maladie.
Il y avait autrefois en la forêt de Cernas un gros vieux chêne…

GEORGE SAND

Le Chêne parlant

Détail du tableau *Chênes d'automne* de George Inness (1878).

Le château de Nohant où vécut George Sand.

Le Chêne parlant

À MADEMOISELLE BLANCHE AMIC[1]

Il y avait autrefois en la forêt de Cernas[2] un gros vieux chêne qui pouvait bien avoir cinq cents ans. La foudre l'avait frappé plusieurs fois, et il avait dû se faire une tête nouvelle, un peu écrasée, mais épaisse et verdoyante.

Longtemps ce chêne avait eu une mauvaise réputation. Les plus vieilles gens du village voisin disaient encore que, dans leur jeunesse, ce chêne parlait et menaçait ceux qui voulaient se reposer sous son ombrage. Ils racontaient que deux voyageurs, y cherchant un abri, avaient été foudroyés. L'un d'eux était mort sur le coup ; l'autre s'était éloigné à temps et n'avait été qu'étourdi, parce qu'il avait été averti par une voix qui lui criait :

– Va-t'en vite !

L'histoire était si ancienne qu'on n'y croyait plus guère, et, bien que cet arbre portât encore le nom de *chêne parlant*, les

Notes

1. George Sand dédicace ce conte à Blanche Amic, alors âgée de 11 ans, qui était la sœur d'Henri Amic, l'administrateur de Nohant, nom du domaine familial de George Sand.

2. Tous les lieux cités (Cernas, Oursines-les-Bois, Mauvert, La Planchette) sont imaginaires.

pâtours[1] s'en approchaient sans trop de crainte. Pourtant le moment vint où il fut plus que jamais réputé sorcier après l'aventure d'Emmi.

Emmi était un pauvre petit gardeur de cochons, orphelin et très malheureux, non seulement parce qu'il était mal logé, mal nourri et mal vêtu, mais encore parce qu'il détestait les bêtes que la misère le forçait à soigner. Il en avait peur, et ces animaux, qui sont plus fins qu'ils n'en ont l'air, sentaient bien qu'il n'était pas le maître avec eux. Il s'en allait dès le matin, les conduisant à la glandée[2], dans la forêt. Le soir, il les ramenait à la ferme, et c'était pitié de le voir, couvert de méchants haillons[3], la tête nue, ses cheveux hérissés[4] par le vent, sa pauvre petite figure pâle, maigre, terreuse[5], l'air triste, effrayé, souffrant, chassant devant lui ce troupeau de bêtes criardes[6], au regard oblique, à la tête baissée, toujours menaçante. À le voir ainsi courir à leur suite sur les sombres bruyères, dans la vapeur rouge du premier crépuscule[7], on eût dit d'un follet[8] des landes[9] chassé par une rafale.

Il eût pourtant été aimable et joli, ce pauvre petit porcher[10], s'il eût été soigné, propre, heureux comme vous autres, mes chers enfants qui me lisez. Lui ne savait pas lire, il ne savait rien, et c'est tout au plus s'il savait parler assez pour demander le nécessaire, et, comme il était craintif, il ne le demandait pas toujours, c'était tant pis pour lui si on l'oubliait.

Notes

1. pâtours : ou pastours; pasteurs, c'est-à-dire, dans le langage du Berry, bergers.
2. glandée : endroit sous les chênes où l'on emmène les porcs pour qu'ils se nourrissent de glands.
3. méchants haillons : vêtements déchirés tellement ils sont usés.
4. hérissés : dressés sur la tête, emmêlés par le vent.
5. terreuse : sale, couverte de poussière et de terre.
6. criardes : toujours en train de crier.
7. crépuscule : lueur qui suit le coucher du soleil.
8. on eût dit d'un follet : on aurait dit un petit lutin errant.
9. landes : étendues de terres désertiques et incultivables.
10. porcher : personne qui garde les porcs.

Un soir, les pourceaux[1] rentrèrent tout seuls à l'étable, et le porcher ne parut pas à l'heure du souper. On n'y fit attention que quand la soupe aux raves[2] fut mangée, et la fermière envoya un de ses gars pour appeler Emmi. Le gars revint dire qu'Emmi n'était ni à l'étable, ni dans le grenier, où il couchait sur la paille. On pensa qu'il était allé voir sa tante, qui demeurait aux environs, et on se coucha sans plus songer à lui.

Le lendemain matin, on alla chez la tante, et on s'étonna d'apprendre qu'Emmi n'avait point passé la nuit chez elle. Il n'avait pas reparu au village depuis la veille. On s'enquit de lui[3] aux alentours, personne ne l'avait vu. On le chercha en vain dans la forêt. On pensa que les sangliers et les loups l'avaient mangé. Pourtant on ne retrouva ni sa sarclette, – sorte de houlette[4] à manche court dont se servent les porchers, – ni aucune loque[5] de son pauvre vêtement; on en conclut qu'il avait quitté le pays pour vivre en vagabond, et le fermier dit que ce n'était pas un grand dommage, que l'enfant n'était bon à rien, n'aimant pas ses bêtes et n'ayant pas su s'en faire aimer.

Un nouveau porcher fut loué[6] pour le reste de l'année, mais la disparition d'Emmi effrayait tous les gars du pays; la dernière fois qu'on l'avait vu, il allait du côté du chêne parlant, et c'était là sans doute qu'il lui était arrivé malheur. Le nouveau porcher eut bien soin de n'y jamais conduire son troupeau et les autres enfants se gardèrent d'aller jouer de ce côté-là.

Vous me demandez ce qu'Emmi était devenu. Patience, je vais vous le dire.

Notes

1. **pourceaux** : porcs.
2. **raves** : navets.
3. **On s'enquit de lui** : on demanda si quelqu'un l'avait vu.
4. **houlette** : bâton du berger dont l'extrémité est munie d'une sorte de gouttière en fer pouvant contenir des mottes de terre que le berger lance aux animaux qui s'écartent afin de les faire revenir dans le troupeau.
5. **loque** : morceau de tissu déchiré.
6. **loué** : embauché.

La dernière fois qu'il était allé à la forêt avec ses bêtes, il avait avisé[1] à quelque distance du gros chêne une touffe de favasses en fleurs. La favasse ou féverole, c'est cette jolie papilionacée[2] à grappes roses que vous connaissez, la gesse tubéreuse[3]; les tubercules[4] sont gros comme une noisette, un peu âpres[5] quoique sucrés. Les enfants pauvres en sont friands[6]; c'est une nourriture qui ne coûte rien et que les pourceaux, qui en sont friands aussi, songent seuls à leur disputer. Quand on parle des anciens anachorètes[7] vivant de *racines*, on peut être certain que le mets le plus recherché de leur austère[8] cuisine était, dans nos pays du centre, le tubercule de cette gesse.

Emmi savait bien que les favasses ne pouvaient pas encore être bonnes à manger, car on n'était qu'au commencement de l'automne, mais il voulait marquer l'endroit pour venir fouiller la terre quand la tige et la fleur seraient desséchées. Il fut suivi par un jeune porc qui se mit à fouiller et qui menaçait de tout détruire, lorsque Emmi, impatienté de voir le ravage inutile de cette bête vorace, lui allongea un coup de sa sarclette sur le groin. Le fer de la sarclette était fraîchement repassé[9] et coupa légèrement le nez du porc, qui jeta un cri d'alarme. Vous savez comment ces animaux se soutiennent entre eux, et comme certains de leurs appels de détresse les mettent tous en fureur contre l'ennemi commun; d'ailleurs, ils en voulaient depuis longtemps à Emmi, qui ne leur prodiguait[10] jamais ni caresses ni compliments. Ils se rassemblèrent en criant à qui mieux mieux et l'entourèrent pour le dévorer. Le pauvre enfant prit la fuite, ils le poursuivirent; ces bêtes ont, vous le savez,

Notes

1. **avisé** : aperçu en face de lui.
2. **papilionacée** : fleur en forme de papillon.
3. **gesse tubéreuse** : appelée aussi « gland terrestre »; il s'agit d'une plante comestible.
4. **tubercules** : grosseurs à la base de la racine.
5. **âpres** : acides, piquants.
6. **friands** : gourmands.
7. **anachorètes** : hommes qui ont choisi de se retirer du monde et de vivre seuls.
8. **austère** : simple et en petite quantité.
9. **repassé** : aiguisé.
10. **prodiguait** : faisait.

l'allure effroyablement prompte[1]; il n'eut que le temps d'atteindre le gros chêne, d'en escalader les aspérités[2] et de se réfugier dans les branches. Le farouche[3] troupeau resta au pied, hurlant, menaçant, essayant de fouir[4] pour abattre l'arbre. Mais le chêne parlant avait de formidables racines qui se moquaient bien d'un troupeau de cochons. Les assaillants ne renoncèrent pourtant à leur entreprise[5] qu'après le coucher du soleil. Alors, ils se décidèrent à regagner la ferme, et le petit Emmi, certain qu'ils le dévoreraient s'il y allait avec eux, résolut[6] de n'y retourner jamais.

Il savait bien que le chêne passait pour être un arbre enchanté, mais il avait trop à se plaindre des vivants pour craindre beaucoup les esprits[7]. Il n'avait vécu que de misère et de coups; sa tante était très dure pour lui : elle l'obligeait à garder les porcs, lui qui en avait toujours eu horreur. Il était né comme cela, elle lui en faisait un crime[8], et, quand il venait la voir en la suppliant de le reprendre avec elle, elle le recevait, comme on dit, avec une volée de bois vert[9]. Il la craignait donc beaucoup, et tout son désir eût été de garder les moutons dans une autre ferme où les gens eussent été moins avares et moins mauvais pour lui.

Dans le premier moment après le départ des pourceaux, il ne sentit que le plaisir d'être débarrassé de leurs cris farouches et de leurs menaces, et il résolut de passer la nuit où il était. Il avait encore du pain dans son sac de toile bise[10], car, durant

Notes

1. **prompte** : rapide.
2. **aspérités** : bosses sur l'écorce et petites branches qui permettent de grimper le long du tronc.
3. **farouche** : qui n'est pas dompté, et donc sauvage et féroce.
4. **fouir** : creuser.
5. **leur entreprise** : ce qu'ils avaient décidé de faire, c'est-à-dire attaquer Emmi.
6. **résolut** : décida.
7. **esprits** : démons, revenants.
8. **elle lui en faisait un crime** : elle le lui reprochait vivement.
9. **avec une volée de bois vert** : en le frappant à coups de bâton.
10. **bise** : de couleur gris-brun.

le siège qu'il avait soutenu[1], il n'avait pas eu envie de manger. Il en mangea la moitié, réservant le reste pour son déjeuner[2]; après cela, à la grâce de Dieu!

Les enfants dorment partout. Pourtant Emmi ne dormait guère. Il était malingre[3], souvent fiévreux, et rêvait plutôt qu'il ne se reposait l'esprit durant son sommeil. Il s'installa du mieux qu'il put entre deux maîtresses branches[4] garnies de mousse, et il eut grande envie de dormir; mais le vent qui faisait mugir[5] le feuillage et grincer les branches l'effraya, et il se mit à songer aux mauvais esprits, tant et si bien qu'il s'imagina entendre une voix grêle[6] et fâchée qui lui disait à plusieurs reprises :

– Va-t'en, va-t'en d'ici!

D'abord Emmi, tremblant et la gorge serrée, ne songea point à répondre; mais, comme, en même temps que le vent s'apaisait, la voix du chêne s'adoucissait et semblait lui murmurer à l'oreille d'un ton maternel et caressant : « Va-t'en, Emmi, va-t'en! » Emmi se sentit le courage de répondre :

– Chêne, mon beau chêne, ne me renvoie pas. Si je descends, les loups qui courent la nuit me mangeront.

– Va, Emmi, va! reprit la voix encore plus radoucie.

– Mon bon chêne parlant, reprit aussi Emmi d'un ton suppliant, ne m'envoie pas avec les loups. Tu m'as sauvé des porcs, tu as été doux pour moi, sois-le encore. Je suis un pauvre enfant malheureux, et je ne puis ni ne voudrais te faire aucun mal : garde-moi cette nuit; si tu l'ordonnes, je m'en irai demain matin.

Notes

1. durant le siège qu'il avait soutenu : durant tout le temps où les cochons étaient restés au pied du chêne.
2. déjeuner : repas du matin (petit-déjeuner).
3. malingre : plutôt faible, de santé fragile.
4. maîtresses branches : branches principales, qui partent directement du tronc.
5. mugir : rugir (comme un animal).
6. grêle : aiguë et faible.

La voix ne répliqua plus, et la lune argenta[1] faiblement les feuilles. Emmi en conclut qu'il lui était permis de rester, ou bien qu'il avait rêvé les paroles qu'il avait cru entendre. Il s'endormit et, chose étrange, il ne rêva plus et ne fit plus qu'un somme jusqu'au jour. Il descendit alors et secoua la rosée qui pénétrait son pauvre vêtement.

– Il faut pourtant, se dit-il, que je retourne au village, je dirai à ma tante que mes porcs ont voulu me manger, que j'ai été obligé de coucher sur un arbre, et elle me permettra d'aller chercher une autre condition[2].

Il mangea le reste de son pain ; mais, au moment de se remettre en route, il voulut remercier le chêne qui l'avait protégé le jour et la nuit.

– Adieu et merci, mon bon chêne, dit-il en baisant l'écorce, je n'aurai plus jamais peur de toi, et je reviendrai te voir pour te remercier encore.

Notes

1. **argenta** : éclaira les feuilles qui brillèrent comme si elles étaient en argent.

2. **une autre condition** : un autre endroit, pour faire un autre travail.

Un conte merveilleux

Questions sur les lignes 1 à 160 (pp. 11 à 17)

Avez-vous bien lu ?

1 Cochez la bonne réponse.

a) Pourquoi le vieux chêne a-t-il mauvaise réputation ?

❑ Il est tellement vieux qu'il est à moitié pourri et sent très mauvais.

❑ On dit qu'il parle et se montre menaçant.

❑ Il provoque des maladies qui peuvent être mortelles.

b) Pourquoi Emmi doit-il se réfugier dans le vieux chêne ?

❑ Les porcs qu'il garde veulent le dévorer.

❑ Sa tante le cherche partout pour le battre.

❑ Il pleut à torrents, et il a besoin d'un abri.

c) Pourquoi Emmi décide-t-il de ne pas retourner à la ferme ?

❑ Il pense que les porcs voudront toujours le dévorer.

❑ Il est trop fatigué pour rentrer.

❑ Le vieux chêne lui parle et lui propose un lit pour la nuit.

2 Pourquoi, le lendemain, Emmi remercie-t-il le vieux chêne ?

3 Quelle promesse Emmi fait-il au vieux chêne au moment de son départ ?

Les personnages d'un conte

Dans un conte (voir p. 77), le personnage principal (le **héros**) doit surmonter des **épreuves**. Des personnages **opposants** cherchent à l'empêcher de réussir sa mission, et des **alliés** (ou **adjuvants**) lui viennent en aide. Dans un **conte merveilleux**, ces personnages ne sont pas obligatoirement humains : ils peuvent être des objets magiques, des végétaux, des animaux… et même des êtres surnaturels dotés de pouvoirs extraordinaires.

Étudier le genre du conte merveilleux

4. Relevez, dans le début du texte (l. 1 à 18), tous les indices textuels* qui indiquent que ce récit appartient au genre du conte, et particulièrement du conte merveilleux.

5. Par quels moyens le narrateur interpelle*-t-il les lecteurs ? Pourquoi le fait-il, selon vous ?

Étudier les personnages

6. Le vieux chêne peut-il être considéré comme un personnage* ? Justifiez votre réponse.

7. Pourquoi Emmi est-il très malheureux ? Qu'est-ce qui, d'après le narrateur, aurait pu le rendre heureux ?

8. Quels sont les autres personnages humains qui apparaissent dans ce début de conte ? Quel est leur point commun ?

*** *indices textuels* : éléments du texte qui permettent de justifier une réponse.**

*** *interpelle* : s'adresse à une personne avec l'intention de la faire réagir.**

*** *personnage* : dans un récit, il agit, parle, fait avancer l'action. Il n'est pas obligatoirement humain.**

Étudier le vocabulaire de la nature

9 Entre les lignes 66 à 102, relevez les mots qui appartiennent au champ lexical* de la végétation. Selon vous, pourquoi George Sand emploie-t-elle un vocabulaire aussi précis pour parler des *« favasses »* (p. 14) ?

*** *champ lexical* :** ensemble des mots et expressions qui se rapportent à un même thème.

À vos plumes !

10 Au début du récit, le narrateur raconte pourquoi le vieux chêne de la forêt de Cernas est appelé le *« chêne parlant »* (p. 11, l. 15). Comme lui, rédigez une courte histoire à partir de l'un des 3 titres suivants :

La Fontaine aux trois couleurs – Le Rocher musicien – Le Chemin sans fin

11 À la manière du narrateur* qui cherche à faire comprendre ce qu'est la *« favasse »* (p. 14), rédigez un paragraphe pour expliquer à une personne âgée comment fonctionne un objet que vous manipulez souvent mais qu'elle ne connaît pas bien ou pas du tout.

*** *narrateur* :** personnage qui raconte l'histoire. L'auteur, lui, l'invente et l'écrit.

Expression orale

12 Racontez à vos camarades le début d'un conte que vous connaissez bien.

13 Avec 2 camarades, lisez à 3 voix le passage des lignes 121 à 150. Le premier prendra la voix du narrateur, le deuxième celle du vieux chêne, le dernier celle d'Emmi. Chacun veillera à mettre en valeur les différents sentiments* exprimés par son personnage.

*** *sentiments* : ce qu'on éprouve face à un événement (la colère, la tristesse, la joie...).**

Il traversa la lande, et il se dirigeait vers la chaumière de sa tante, lorsqu'il entendit parler derrière le mur du jardin de la ferme.

– Avec tout ça, disait un des gars, notre porcher n'est pas revenu, on ne l'a pas vu chez sa tante, et il a abandonné son troupeau. C'est un sans-cœur et un paresseux à qui je donnerai une jolie roulée[1] de coups de sabot, pour le punir de me faire mener ses bêtes aux champs aujourd'hui à sa place.

– Qu'est-ce que ça te fait, de mener les porcs ? dit l'autre gars.

– C'est une honte à mon âge, reprit le premier : cela convient à un enfant de dix ans, comme le petit Emmi ; mais, quand on en a douze, on a droit à garder les vaches ou tout au moins les veaux.

Les deux gars furent interrompus par leur père.

– Allons vite, dit-il, à l'ouvrage ! Quant à ce porcher de malheur, si les loups l'ont mangé, c'est tant pis pour lui ; mais, si je le retrouve vivant, je l'assomme. Il aura beau aller pleurer chez sa tante, elle est décidée à le faire coucher avec les cochons pour lui apprendre à faire le fier et le dégoûté.

Emmi, épouvanté de cette menace, se le tint pour dit. Il se cacha dans une meule de blé[2], où il passa la journée. Vers le soir, une chèvre qui rentrait à l'étable, et qui s'attardait à lécher je ne sais quelle herbe, lui permit de la traire. Quand il eut rempli et avalé deux ou trois fois le contenu de sa sébile[3] de bois, il se renfonça dans les gerbes[4] jusqu'à la nuit. Quand il fit tout à fait sombre et que tout le monde fut couché, il se glissa jusqu'à son grenier et y prit diverses choses qui lui appartenaient, quelques écus[5] gagnés par lui que le fermier lui avait

Notes

1. **une jolie roulée** : une bonne correction, en le frappant.
2. **meule de blé** : épis de blé assemblés en cône, que l'on a disposés ainsi en attendant de les ramasser.
3. **sébile** : récipient rond et creux.
4. **gerbes** : épis de blé rassemblés.
5. L'écu est une ancienne monnaie française en or, puis, comme ici, en argent.

remis la veille et dont sa tante n'avait pas encore eu le temps de le dépouiller, une peau de chèvre et une peau de mouton dont il se servait l'hiver, un couteau neuf, un petit pot de terre, un peu de linge fort[1] déchiré. Il mit le tout dans son sac, descendit dans la cour, escalada la barrière et s'en alla à petits pas pour ne pas faire de bruit ; mais, comme il passait près de l'étable à porcs, ces maudites bêtes le sentirent ou l'entendirent et se prirent à crier avec fureur. Alors, Emmi, craignant que les fermiers, réveillés dans leur premier sommeil, ne se missent à ses trousses[2], prit sa course[3] et ne s'arrêta qu'au pied du chêne parlant.

– Me voilà revenu, mon bon ami, lui dit-il. Permets-moi de passer encore une nuit dans tes branches. Dis si tu le veux !

Le chêne ne répondit pas. Le temps était calme, pas une feuille ne bougeait. Emmi pensa que qui ne dit mot consent[4]. Tout chargé qu'il était, il se hissa adroitement jusqu'à la grosse enfourchure[5] où il avait passé la nuit précédente, et il y dormit parfaitement bien.

Le jour venu, il se mit en quête[6] d'un endroit convenable pour cacher son argent et son bagage, car il n'était encore décidé à rien sur les moyens de s'éloigner du pays sans être vu et ramené de force à la ferme. Il grimpa au-dessus de la place où il se trouvait. Il découvrit alors dans le tronc principal du gros arbre un trou noir fait par la foudre depuis bien longtemps, car le bois avait formé tout autour un gros bourrelet d'écorce. Au fond de cette cachette, il y avait de la cendre et de menus éclats de bois hachés par le tonnerre.

Notes

1. **fort** : très.
2. **ne se missent à ses trousses** : ne le poursuivent.
3. **prit sa course** : se mit à courir.
4. **qui ne dit mot consent** : expression signifiant que celui qui ne répond pas exprime ainsi son accord.
5. **enfourchure** : endroit du tronc où les branches maîtresses bifurquent.
6. **en quête** : à la recherche.

– Vraiment, se dit l'enfant, voilà un lit très doux et très chaud où je dormirai sans risque de tomber en rêvant. Il n'est pas grand, mais il l'est assez pour moi. Voyons pourtant s'il n'est pas habité par quelque méchante bête.

Il fureta[1] dans l'intérieur de ce refuge, et vit qu'il était percé par en haut, ce qui devait amener un peu d'humidité dans les temps de pluie. Il se dit qu'il était bien facile de boucher ce trou avec de la mousse. Une chouette avait fait son nid dans le conduit.

– Je ne te dérangerai pas, pensa Emmi, mais je fermerai la communication. Comme cela, nous serons chacun chez nous.

Quand il eut préparé son nid pour la nuit suivante et installé son bagage en sûreté, il s'assit dans son trou, les jambes dehors appuyées sur une branche, et se mit à songer vaguement à la possibilité de vivre dans un arbre ; mais il eût souhaité que cet arbre fût au cœur de la forêt au lieu d'être auprès de la lisière[2], exposé aux regards des bergers et porchers qui y amenaient leurs troupeaux. Il ne pouvait prévoir que, par suite de sa disparition, l'arbre deviendrait un objet de crainte, et que personne n'en approcherait plus.

La faim commençait à se faire sentir, et, bien qu'il fût très petit mangeur, il se ressentait bien de n'avoir rien pris de solide[3] la veille. Irait-il déterrer les favasses encore vertes qu'il avait remarquées à quelques pas de là ? ou irait-il jusqu'aux châtaigniers qui poussaient plus avant dans la forêt ?

Comme il se préparait à descendre, il vit que la branche sur laquelle reposaient ses pieds n'appartenait pas à son chêne. C'était celle d'un arbre voisin qui entrecroisait ses belles et fortes ramures avec celles du chêne parlant. Emmi se hasarda sur cette branche et gagna le chêne voisin qui avait, lui aussi,

Notes

1. **fureta** : fouilla méticuleusement.
2. **lisière** : limite de la forêt.
3. **il se ressentait bien de n'avoir rien pris de solide** : il ressentait bien qu'il avait très faim parce qu'il n'avait rien mangé de consistant depuis longtemps.

pour proche voisin un autre arbre facile à atteindre. Emmi, léger comme un écureuil, s'aventura ainsi d'arbre en arbre jusqu'aux châtaigniers où il fit une bonne récolte. Les châtaignes étaient encore petites et pas très mûres ; mais il n'y regardait pas de bien près, et il mit comme qui dirait pied à terre pour les faire cuire dans un endroit bien désert et bien caché où les charbonniers[1] avaient fait autrefois une fournée[2]. Le rond marqué par le feu était entouré de jeunes arbres qui avaient repoussé depuis : il y avait beaucoup de menus déchets à demi brûlés. Emmi n'eut pas de peine à en faire un tas et à y mettre le feu au moyen d'un caillou qu'il battit du dos de son couteau, et il recueillit l'étincelle avec des feuilles sèches, tout en se promettant de faire provision d'amadou[3] sur les arbres décrépits[4], qui ne manquaient pas dans la forêt. L'eau d'une rigole[5] lui permit de faire cuire ses châtaignes dans son petit pot de terre, à couvercle percé, destiné à cet usage. C'est un meuble[6] dont en ce pays-là tout pâtour est nanti[7].

Emmi, qui ne rentrait souvent que le soir à la ferme, à cause de la grande distance où il devait mener ses bêtes, était donc habitué à se nourrir lui-même, et il ne fut pas embarrassé de cueillir son dessert de framboises et de mûres sauvages sur les buissons de la petite clairière.

– Voilà, pensa-t-il, ma cuisine et ma salle à manger trouvées.

Et il se mit à nettoyer le cours du filet d'eau qu'il avait à sa portée. Avec sa sarclette, il enleva les herbes pourries, creusa un petit réservoir, débarrassa un petit saut[8] que l'eau faisait dans la glaise et l'épura[9] avec du sable et des cailloux. Cet

Notes

1. **charbonniers** : personnes qui fabriquent le charbon de bois. Ce métier a pratiquement disparu.
2. **fournée** : pour fabriquer le charbon, les charbonniers faisaient brûler le bois dans une meule à charbon, sorte de four rond.
3. **amadou** : substance végétale qui prend feu facilement.
4. **décrépits** : vieux, pourris ou mangés par les vers.
5. **rigole** : petit ruisseau.
6. **meuble** : objet.
7. **nanti** : équipé.
8. **débarrassa un petit saut** : nettoya une petite flaque.
9. **épura** : filtra.

ouvrage[1] l'occupa jusque vers le coucher du soleil. Il ramassa son pot et sa houlette, et, remontant sur les branches dont il avait éprouvé la solidité, il retrouva son chemin d'écureuil, grimpant et sautant d'arbre en arbre jusqu'à son chêne. Il rapportait une épaisse brassée de fougère et de mousse bien sèche dont il fit son lit dans le trou déjà nettoyé. Il entendit bien la chouette sa voisine qui s'inquiétait et grognait au-dessus de sa tête.

– Ou elle délogera, pensa-t-il, ou elle s'y habituera. Le bon chêne ne lui appartient pas plus qu'à moi.

Habitué à vivre seul, Emmi ne s'ennuya pas. Être débarrassé de la compagnie des pourceaux fut même pour lui une source de bonheur pendant plusieurs jours. Il s'accoutuma[2] à entendre hurler les loups. Il savait qu'ils restaient au cœur de la forêt et n'approchaient guère de la région où il se trouvait. Les troupeaux n'y venant plus, les compères[3] ne s'en approchaient plus du tout. Et puis Emmi apprit à connaître leurs habitudes. En pleine forêt, il n'en rencontrait jamais dans les journées claires. Ils n'avaient de hardiesse[4] que dans les temps de brouillard, et encore cette hardiesse n'était-elle pas grande. Ils suivaient quelquefois Emmi à distance, mais il lui suffisait de se retourner et d'imiter le bruit d'un fusil qu'on arme en frappant son couteau contre le fer de sa sarclette pour les mettre en fuite. Quant aux sangliers, Emmi les entendait quelquefois, il ne les voyait jamais ; ce sont des animaux mystérieux qui n'attaquent jamais les premiers.

Quand il vit approcher l'époque de la cueillette des châtaignes, il fit sa provision qu'il cacha dans un autre arbre creux à peu de distance de son chêne ; mais les rats et les mulots les lui disputèrent si bien, qu'il dut les enterrer dans le sable, où elles se conservèrent jusqu'au printemps. D'ailleurs, Emmi avait largement de quoi se nourrir. La lande étant devenue absolument déserte, il put s'aventurer la nuit jusqu'aux endroits

Notes

1. **Cet ouvrage** : ce travail.
2. **s'accoutuma** : s'habitua.
3. **les compères** : les loups en meute.
4. **hardiesse** : audace, courage.

cultivés et y déterrer des pommes de terre et des raves ; mais c'était voler et la chose lui répugnait. Il amassa quantité de favasses dans les jachères[1] et fit des lacets[2] pour prendre des alouettes[3] en ramassant deçà et delà des crins[4] laissés aux buissons par les chevaux au pâturage[5]. Les pâtours savent tirer parti de tout et ne laissent rien perdre. Emmi ramassa assez de flocons de laine sur les épines des clôtures pour se faire une espèce d'oreiller ; plus tard, il se fabriqua une quenouille[6] et un fuseau[7] et apprit tout seul à filer[8]. Il se fit des aiguilles à tricoter avec du fil de fer qu'il trouva à une barrière mal raccommodée, qu'on répara encore et qu'il dépouilla de nouveau pour fabriquer des collets[9] à prendre les lapins. Il réussit donc à se faire des bas[10] et à manger de la viande. Il devint un chasseur des plus habiles ; épiant jour et nuit toutes les habitudes du gibier, initié à tous les mystères de la lande et de la forêt, il tendit ses pièges à coup sûr et se trouva dans l'abondance.

Il eut même du pain à discrétion[11], grâce à une vieille mendiante idiote, qui, toutes les semaines, passait au pied du chêne et y déposait sa besace[12] pleine, pour se reposer. Emmi, qui la guettait, descendait de son arbre, la tête couverte de sa peau de chèvre, et lui donnait une pièce de gibier[13] en échange d'une partie de son pain. Si elle avait peur de lui, sa peur ne se

Notes

1. **jachères** : terrains agricoles qui ne sont pas cultivés pendant quelques mois ou une année afin de laisser la terre se reposer.
2. **lacets** : nœuds coulants permettant de prendre au piège des animaux sauvages.
3. **alouettes** : petits oiseaux qui font leurs nids dans les plaines, à même le sol.
4. **crins** : poils.
5. **au pâturage** : qui y broutent l'herbe.
6. **quenouille** : bâton sur l'extrémité duquel on attache des fibres (végétales ou animales) qui seront transformées en fil.
7. **fuseau** : petite tige de bois dont on se sert pour tordre les fibres prélevées sur la quenouille afin de les transformer en fil.
8. **filer** : faire du fil.
9. **collets** : petits pièges.
10. **bas** : chaussettes.
11. **à discrétion** : à volonté.
12. **besace** : sorte de sac souple autrefois utilisé le plus souvent par les mendiants et les moines.
13. **pièce de gibier** : animal qu'il avait chassé ou pris au piège.

manifestait que par un rire stupide et une obéissance dont elle n'avait du reste point à se repentir[1].

Ainsi se passa l'hiver, qui fut très doux, et l'été suivant, qui fut chaud et orageux. Emmi eut d'abord grand'peur du tonnerre car la foudre frappa plusieurs fois des arbres assez proches du sien ; mais il remarqua que le chêne parlant, ayant été écimé[2] longtemps auparavant et s'étant refait une cime en parasol, n'attirait plus le fluide[3], qui s'attaquait à des arbres plus élevés et de forme conique. Il finit par dormir aux roulements et aux éclats du tonnerre sans plus de souci que la chouette sa voisine.

Dans cette solitude, Emmi, absorbé par le soin incessant d'assurer sa vie et de préserver sa liberté, n'eut pas le temps de connaître l'ennui. On pouvait le traiter de paresseux, il savait bien, lui, qu'il avait plus de mal à se donner pour vivre seul que s'il fût resté à la ferme. Il acquérait aussi plus d'intelligence, de courage et de prévision[4] que dans la vie ordinaire. Pourtant, quand cette vie exceptionnelle fut réglée à souhait[5] et qu'elle exigea moins de temps et de souci, il commença à réfléchir et à sentir sa petite conscience lui adresser certaines questions embarrassantes. Pourrait-il vivre toujours ainsi aux dépens de la forêt sans servir personne et sans contenter aucun de ses semblables ? Il s'était pris d'une espèce d'amitié pour la vieille Catiche, l'idiote qui lui cédait son pain en échange de ses lapins et de ses chapelets d'alouettes. Comme elle n'avait pas de mémoire, ne parlait presque pas et ne racontait par conséquent à personne ses entrevues avec lui, il était arrivé à se montrer à elle à visage découvert, et elle ne le craignait plus. Ses rires hébétés[6] laissaient deviner une expression de plaisir quand elle

Notes

1. **se repentir** : se plaindre.
2. **ayant été écimé** : ayant eu la pointe de la cime coupée.
3. **fluide** : ici, le fluide électrique, c'est-à-dire la foudre.
4. **prévision** : sage prévoyance.
5. **à souhait** : selon ses désirs.
6. **hébétés** : stupides.

le voyait descendre de son arbre. Emmi s'étonnait lui-même de partager ce plaisir; il ne se disait pas[1], mais il sentait que la présence d'une créature humaine, si dégradée qu'elle soit, est une sorte de bienfait pour celui qui s'est condamné à vivre seul.

Le domaine de Nohant et ses alentours.

Note

1. il ne se disait pas : il ne l'exprimait pas.

Un héros courageux

Questions sur les lignes 208 à 361 (pp. 22 à 28)

Que s'est-il passé entre-temps ?

1 Vrai ou faux ? Entourez la bonne réponse.

a) Emmi est rentré à la ferme et s'est fait punir par sa tante. ❑ Vrai ❑ Faux

b) Il a entendu le fermier qui menaçait de l'assommer. ❑ Vrai ❑ Faux

c) Il s'est caché, toute la journée, dans une meule de blé. ❑ Vrai ❑ Faux

d) Il a trait une vache pour se nourrir de son lait. ❑ Vrai ❑ Faux

e) Il a récupéré des affaires dans le grenier de la ferme. ❑ Vrai ❑ Faux

Avez-vous bien lu ?

2 Entourez la ou les informations en gras qui sont exactes dans ce résumé.

« Lorsqu'il revient dans la forêt, Emmi aménage son lit **sous les racines / dans un trou du tronc** du vieux chêne. Tout près de lui niche une **famille d'écureuils / chouette**. Il déjeune de **châtaignes, framboises et mûres / jambon rapporté de la ferme**. Pour se déplacer jusqu'à la clairière où il **construit une cabane / fait du feu** et nettoie **le cours d'eau / ses vêtements**, il **passe d'arbre en arbre / emprunte un chemin caché**. Il organise, ensuite, sa vie dans la forêt et se nourrit grâce **à la chasse / à la pêche / à la cueillette / au pain que lui apporte une vieille folle**. »

La chronologie dans un récit

À partir d'un événement, le narrateur peut situer un autre événement selon qu'il a lieu avant (antérieur), après (postérieur) ou en même temps (simultané). Pour cela, il fait varier les temps des verbes (temps simples / temps composés).

Ex. : « Il fouilla *(fait principal)* dans l'intérieur du trou. Une chouette y avait fait son nid *(événement antérieur)*. Il se dit *(simultané)* qu'il la garderait comme voisine *(postérieur)*. »

Il peut aussi indiquer la durée, la soudaineté ou la fréquence d'une action. Il utilise alors des indices de temps et fait varier les temps des verbes (imparfait / passé simple).

Ex. : « Durant plusieurs heures, Emmi installa son refuge *(durée)*. La Catiche lui apportait du pain chaque semaine *(fréquence)*. Un jour, elle lui adressa brusquement la parole *(soudaineté)*. »

Étudier la chronologie

3 Depuis combien de temps Emmi vit-il dans la forêt ? Relevez, dans tout le passage, les indices de temps qui permettent d'établir la chronologie des événements.

Étudier le personnage du héros

4 À quelles difficultés Emmi est-il confronté en vivant en pleine nature ?

5 De quelles qualités morales* Emmi fait-il preuve jusqu'ici ?

6 Faites la liste de tout ce qu'Emmi a appris et réalisé depuis qu'il vit dans la forêt.

*** *qualités morales :*** **qualités propres à un individu (le courage, la générosité…). Elles lui permettent de suivre les valeurs familiales et/ou de la société et faire respecter celles qui lui tiennent à cœur.**

À vos plumes !

7 Un soir, en revenant d'une récolte de châtaignes, Emmi se retrouve face à un sanglier. Racontez cet épisode à la 1re ou à la 3e personne du singulier.

8) Racontez la première rencontre d'Emmi et de la vieille Catiche. Vous commencerez votre récit par : « Un beau jour, alors qu'Emmi était en train de… »

Recherche documentaire

9) Cherchez l'origine et le sens du mot *robinsonnade*. Expliquez pourquoi ce mot s'applique particulièrement bien à la façon de vivre d'Emmi.

Débat

10) Aimeriez-vous vivre comme Emmi dans la forêt ? Justifiez votre réponse.

Un jour qu'elle lui semblait moins abrutie que de coutume, il essaya de lui parler et de lui demander où elle demeurait. Elle cessa tout à coup de rire, et lui dit d'une voix nette et d'un ton sérieux :

– Veux-tu venir avec moi, petit ?

– Où ?

– Dans ma maison ; si tu veux être mon fils, je te rendrai riche et heureux.

Emmi s'étonna beaucoup d'entendre parler distinctement et raisonnablement la vieille Catiche. La curiosité lui donnait quelque envie de la croire, mais un coup de vent agita les branches au-dessus de sa tête, et il entendit la voix du chêne lui dire :

– N'y va pas !

– Bonsoir et bon voyage, dit-il à la vieille ; mon arbre ne veut pas que je le quitte.

– Ton arbre est un sot, reprit-elle, ou plutôt c'est toi qui es une bête de croire à la parole des arbres.

– Vous croyez que les arbres ne parlent pas ? Vous vous trompez bien !

– Tous les arbres parlent quand le vent se met après eux, mais ils ne savent pas ce qu'ils disent ; c'est comme s'ils ne disaient rien.

Emmi fut fâché de cette explication positive[1] d'un fait merveilleux[2]. Il répondit à Catiche :

– C'est vous qui radotez, la vieille. Si tous les arbres font comme vous, mon chêne du moins sait ce qu'il veut et ce qu'il dit.

La vieille haussa les épaules, ramassa sa besace et s'éloigna en reprenant son rire d'idiote.

Emmi se demanda si elle jouait un rôle ou si elle avait des moments lucides[3]. Il la laissa partir et la suivit, en se glissant

Notes

1. **positive** : réaliste et logique, qui s'appuie sur l'expérience.

2. **merveilleux** : surnaturel.

3. **lucides** : où elle retrouvait la raison.

d'arbre en arbre sans qu'elle s'en aperçût. Elle n'allait pas vite et marchait le dos courbé, la tête en avant, la bouche entr'ouverte, l'œil fixé droit devant elle ; mais cet air exténué ne l'empêchait pas d'avancer toujours sans se presser ni se ralentir, et elle traversa ainsi la forêt pendant trois bonnes heures de marche, jusqu'à un pauvre hameau perché sur une colline derrière laquelle d'autres bois s'étendaient à perte de vue. Emmi la vit entrer dans une méchante cahute[1] isolée des autres habitations, qui, pour paraître moins misérables, n'en étaient pas moins un assemblage de quelques douzaines de taudis[2]. Il n'osa pas s'aventurer plus loin que les derniers arbres de la forêt et revint sur ses pas, bien convaincu que, si la Catiche avait un *chez elle*, il était plus pauvre et plus laid que le trou de l'arbre parlant.

Il regagna son logis du grand chêne et n'y arriva que vers le soir, harassé de fatigue, mais content de se retrouver chez lui. Il avait gagné à ce voyage de connaître l'étendue de la forêt et la proximité d'un village ; mais ce village paraissait bien plus mal partagé[3] que celui de Cernas, où Emmi avait été élevé. C'était tout pays[4] de landes sans trace de culture, et les rares bestiaux qu'il avait vus paître autour des maisons n'avaient que la peau sur les os. Au-delà, il n'avait aperçu que les sombres horizons des forêts. Ce n'est donc pas de ce côté-là qu'il pouvait songer à trouver une condition meilleure que la sienne.

Au bout de la semaine, la Catiche arriva à l'heure ordinaire. Elle revenait de Cernas, et il lui demanda des nouvelles de sa tante pour voir si cette vieille aurait le pouvoir et la volonté de lui répondre comme la dernière fois. Elle répondit très nettement :

– La grand'Nanette est remariée, et, si tu retournes chez elle, elle tâchera de te faire mourir pour se débarrasser de toi.

Notes

1. méchante cahute : cabane malpropre, en mauvais état.
2. taudis : logements misérables.
3. partagé : équipé, favorisé.
4. C'était tout pays : la région était entièrement constituée.

– Parlez-vous raisonnablement ? dit Emmi, et me dites-vous la vérité ?

– Je te dis la vérité. Tu n'as plus qu'à te rendre à ton maître pour vivre avec les cochons, ou à chercher ton pain avec moi, ce qui te vaudrait mieux que tu ne penses. Tu ne pourras pas toujours vivre dans la forêt. Elle est vendue, et sans doute on va abattre les vieux arbres. Ton chêne y passera comme les autres. Crois-moi, petit. On ne peut vivre nulle part sans gagner de l'argent. Viens avec moi, tu m'aideras à en gagner beaucoup, et, quand je mourrai, je te laisserai celui que j'ai.

Emmi était si étonné d'entendre causer et raisonner l'idiote, qu'il regarda son arbre et prêta l'oreille comme s'il lui demandait conseil.

– Laisse donc cette vieille bûche tranquille, reprit la Catiche. Ne sois pas si sot et viens avec moi.

Comme l'arbre ne disait mot, Emmi suivit la vieille, qui, chemin faisant, lui révéla son secret.

« – Je suis venue au monde loin d'ici, pauvre comme toi et orpheline. J'ai été élevée dans la misère et les coups. J'ai gardé aussi les cochons, et, comme toi, j'en avais peur. Comme toi, je me suis sauvée ; mais, en traversant une rivière sur un vieux pont décrépit[1], je suis tombée à l'eau d'où on m'a retirée comme morte. Un bon médecin chez qui on m'a portée m'a fait revenir à la vie ; mais j'étais idiote, sourde, et ne pouvant presque plus parler. Il m'a gardée par charité, et, comme il n'était pas riche, le curé de l'endroit a fait des quêtes pour moi, et les dames m'ont apporté des habits, du vin, des douceurs, tout ce qu'il me fallait. Je commençais à me porter mieux, j'étais si bien soignée ! Je mangeais de la bonne viande, je buvais du bon vin sucré, j'avais l'hiver du feu[2] dans ma chambre,

Notes

1. **décrépit** : tombant en ruine.

2. **j'avais l'hiver du feu** : durant l'hiver, j'avais bien chaud grâce au feu de cheminée qu'on allumait.

j'étais comme une princesse, et le médecin était content. Il disait :

» – La voilà qui entend ce qu'on lui dit. Elle retrouve les mots pour parler. Dans deux ou trois mois d'ici, elle pourra travailler et gagner honnêtement sa vie.

» Et toutes les belles dames se disputaient à qui me prendrait chez elle.

» Je ne fus donc pas embarrassée pour trouver une place aussitôt que je fus guérie ; mais je n'avais pas le goût du travail, et on ne fut pas content de moi. J'aurais voulu être fille de chambre[1], mais je ne savais ni coudre ni coiffer ; on me faisait tirer de l'eau au puits et plumer la volaille, cela m'ennuyait. Je quittai l'endroit, croyant être mieux ailleurs. Ce fut encore pire, on me traitait de malpropre et de paresseuse. Mon vieux médecin était mort. On me chassa de maison en maison, et, après avoir été l'enfant chéri de tout le monde, je dus quitter le pays comme j'y étais venue, en mendiant mon pain ; mais j'étais plus misérable qu'auparavant. J'avais pris le goût d'être heureuse, et on me donnait si peu, que j'avais à peine de quoi manger. On me trouvait trop grande et de trop bonne mine pour mendier. On me disait :

» – Va travailler, grande fainéante ! C'est une honte à ton âge de courir les chemins quand on peut épierrer[2] les champs à six sous[3] par jour.

» Alors, je fis la boiteuse pour donner à croire que je ne pouvais pas travailler ; on trouva que j'étais encore trop forte pour ne rien faire, et je dus me rappeler le temps où tout le monde avait pitié de moi, parce que j'étais idiote. Je sus retrouver l'air que j'avais dans ce temps-là, mon habitude de ricaner au lieu de parler, et je fis si bien mon personnage, que les sous et

Notes

1. fille de chambre : domestique au service d'une femme riche, qui s'occupe de ses vêtements, de sa coiffure…

2. épierrer : retirer les pierres qui gênent pour labourer les champs.

3. Le sou est une monnaie de très faible valeur.

les miches[1] recommencèrent à pleuvoir dans ma besace. C'est comme cela que je cours depuis une quarantaine d'années, sans jamais essuyer de refus. Ceux qui ne peuvent me donner d'argent me donnent du fromage, des fruits et du pain plus que je n'en peux porter. Avec ce que j'ai de trop pour moi, j'élève des poulets que j'envoie au marché et qui me rapportent gros. J'ai une bonne maison dans un village où je vais te conduire. Le pays est malheureux, mais les habitants ne le sont pas. Nous sommes tous mendiants et infirmes, ou soi-disant tels, et chacun fait sa tournée dans un endroit où les autres sont convenus de ne pas aller ce jour-là. Comme ça, chacun fait ses affaires comme il veut; mais personne ne les fait aussi bien que moi, car je m'entends mieux que personne à[2] paraître incapable de gagner ma vie. »

– Le fait est, répondit Emmi, que jamais je ne vous aurais crue capable de parler comme vous faites.

– Oui, oui, reprit la Catiche en riant, tu as voulu m'attraper et m'effrayer en descendant de ton arbre, coiffé en loup-garou[3], pour avoir du pain. Moi, je faisais semblant d'avoir peur, mais je te reconnaissais bien et je me disais : « Voilà un pauvre gars qui viendra quelque jour[4] à *Oursines-les-Bois*, et qui sera bien content de manger ma soupe. »

En devisant[5] ainsi, Emmi et la Catiche arrivèrent à Oursines-les-Bois; c'était le nom de l'endroit où demeurait la fausse idiote et qu'Emmi avait déjà vu.

Il n'y avait pas une âme[6] dans ce triste hameau[7]. Les animaux paissaient[8] çà et là, sans être gardés, sur une lande fertile en chardons, qui était toute la propriété communale des habi-

Notes

1. **miches** : gros pains.
2. **je m'entends [...] à** : je sais.
3. **loup-garou** : homme qui se transforme en loup à la tombée de la nuit.
4. **quelque jour** : un jour ou l'autre.
5. **devisant** : parlant, bavardant.
6. **Il n'y avait pas une âme** : il n'y avait personne.
7. **triste hameau** : sinistre et lamentable petit village.
8. **paissaient** : mangeaient de l'herbe.

tants. Une malpropreté révoltante dans les chemins boueux qui servaient de rues, une odeur infecte s'exhalant[1] de toutes les maisons, du linge déchiré séchant sur des buissons souillés par la volaille, des toits de chaume[2] pourri, où poussaient des orties[3], un air d'abandon cynique[4], de pauvreté simulée ou volontaire[5], c'était de quoi soulever de dégoût le cœur d'Emmi, habitué aux verdures vierges[6] et aux bonnes senteurs de la forêt. Il suivit pourtant la vieille Catiche, qui le fit entrer dans sa hutte de terre battue, plus semblable à une étable à porcs qu'à une habitation. L'intérieur était tout différent : les murs étaient garnis de paillassons[7], et le lit avait matelas et couvertures de bonne laine. Une quantité de provisions de toute sorte : blé, lard, légumes et fruits, tonnes[8] de vin et même bouteilles cachetées[9]. Il y avait de tout, et, dans l'arrière-cour, l'épinette[10] était remplie de grasses volailles et de canards gorgés de pain et de son[11].

– Tu vois, dit la Catiche à Emmi, que je suis autrement riche que ta tante ; elle me fait l'aumône toutes les semaines, et, si je voulais, je porterais de meilleurs habits que les siens. Veux-tu voir mes armoires ? Rentrons, et, comme tu dois avoir faim, je vas[12] te faire manger un souper comme tu n'en as goûté de ta vie.

Notes

1. s'exhalant : se répandant à l'extérieur.
2. chaume : paille.
3. orties : plantes sauvages qui piquent.
4. cynique : provoquant, car donnant l'impression que les habitants y sont indifférents, et même qu'ils en sont fiers.
5. pauvreté simulée ou volontaire : soit les habitants font paraître comme réelle une pauvreté qui n'existe pas, soit ils l'affichent volontairement pour qu'elle soit bien visible.
6. vierges : non exploitées ou non détériorées par les hommes.
7. paillassons : grandes plaques de paille attachées et fixées sur les murs d'une maison pour protéger ses habitants du froid et des courants d'air.
8. tonnes : gros tonneaux.
9. bouteilles cachetées : bouteilles fermées avec un bouchon recouvert de cire. Il s'agit de vin de bonne qualité.
10. épinette : cage en bois utilisée pour enfermer les volailles que l'on engraisse.
11. son : ce qui reste des céréales une fois qu'on en a extrait la farine, et que l'on donne en nourriture aux volailles.
12. je vas : je vais.

En effet, tandis qu'Emmi admirait le contenu des armoires, la vieille alluma le feu et tira de sa besace une tête de chèvre, qu'elle fricassa[1] avec des rogatons[2] de toute sorte et où elle n'épargna ni le sel, ni le beurre rance[3], ni les légumes avariés[4], produit de la dernière tournée. Elle en fit je ne sais quel plat, qu'Emmi mangea avec plus d'étonnement que de plaisir et qu'elle le força d'arroser d'une demi-bouteille de vin bleu[5]. Il n'avait jamais bu de vin, il ne le trouva pas bon, mais il but quand même, et, pour lui donner l'exemple, la vieille avala une bouteille entière, se grisa[6] et devint tout à fait expansive[7]. Elle se vanta de savoir voler encore mieux que mendier et alla jusqu'à lui montrer sa bourse, qu'elle enterrait sous une pierre du foyer[8] et qui contenait des pièces d'or à toutes les effigies[9] du siècle. Il y en avait bien pour deux mille francs[10]. Emmi, qui ne savait pas compter, n'apprécia pas autant qu'elle l'eût voulu l'opulence[11] de la mendiante.

Quand elle lui eut tout montré :

– À présent, lui dit-elle, je pense que tu ne voudras plus me quitter. J'ai besoin d'un gars, et, si tu veux être à mon service, je te ferai mon héritier.

– Merci, répondit l'enfant; je ne veux pas mendier.

– Eh bien, soit, tu voleras pour moi.

Emmi eut envie de se fâcher, mais la vieille avait parlé de le conduire le lendemain à Mauvert, où se tenait une grande

Notes

1. **fricassa** : cuisina pour en faire un plat en sauce.
2. **rogatons** : restes de nourritures diverses.
3. **rance** : vieux et qui, de ce fait, a pris une odeur forte et un goût aigre.
4. **avariés** : abîmés, plus ou moins pourris.
5. **vin bleu** : on nomme ainsi un vin rouge assez fort dont la couleur grenat est très foncée, presque bleue.
6. **se grisa** : but en trop grande quantité.
7. **expansive** : excessivement bavarde.
8. **foyer** : endroit où l'on fait le feu.
9. **effigies** : représentations en relief de la figure d'une personne généralement célèbre, comme le roi.
10. **deux mille francs** : très grosse somme. Un franc de 1850 équivaut à environ 3,25 € d'aujourd'hui. Un ouvrier de l'époque gagnait environ 2,50 à 3 francs par jour.
11. **opulence** : richesse.

foire, et, comme il avait envie de voir du pays et de connaître les endroits où on peut gagner sa vie honnêtement, il répondit sans montrer de colère :

– Je ne saurais pas voler, je n'ai jamais appris.

– Tu mens, reprit Catiche, tu voles très habilement à la forêt de Cernas son gibier et ses fruits. Crois-tu donc que ces choses-là n'appartiennent à personne ? Ne sais-tu pas que celui qui ne travaille pas ne peut vivre qu'aux dépens d'autrui[1] ? Il y a longtemps que cette forêt est quasi abandonnée. Le propriétaire était un vieux riche qui ne s'occupait plus de rien et ne la faisait pas seulement garder. À présent qu'il est mort, tout ça va changer et tu auras beau te cacher comme un rat dans des trous d'arbres, on te mettra la main sur le collet[2] et on te conduira en prison.

– Eh bien, alors, reprit Emmi, pourquoi voulez-vous m'enseigner à voler pour vous ?

– Parce que, quand on sait, on n'est jamais pris. Tu réfléchiras, il se fait tard, et il faut nous lever demain avant le jour pour aller à la foire. Je vais t'arranger un lit sur mon coffre, un bon lit avec une *couette*[3] et une couverture. Pour la première fois de ta vie, tu dormiras comme un prince.

Emmi n'osa résister. Quand la vieille Catiche ne faisait plus l'idiote, elle avait quelque chose d'effrayant dans le regard et dans la voix. Il se coucha et s'étonna d'abord de se trouver si bien ; mais, au bout d'un instant, il s'étonna de se trouver si mal. Ce gros coussin de plumes l'étouffait, la couverture, le manque d'air libre, la mauvaise odeur de la cuisine et le vin qu'il avait bu lui donnaient la fièvre. Il se leva tout effaré[4] en disant qu'il voulait dormir dehors, et qu'il mourrait s'il lui fallait passer la nuit enfermé.

Notes

1. **aux dépens d'autrui** : au détriment de quelqu'un, c'est-à-dire en lui nuisant d'une manière ou d'une autre.

2. **on te mettra la main sur le collet** : on t'attrapera.

3. ***couette*** : matelas de plumes.

4. **effaré** : troublé, inquiet.

La Catiche ronflait, et la porte était barricadée. Emmi se résigna à dormir étendu sur la table, regrettant fort son lit de mousse dans le chêne.

Le lendemain, la Catiche lui confia un panier d'œufs et six poules à vendre, en lui ordonnant de la suivre à distance et de n'avoir pas l'air de la connaître.

– Si on savait que je vends, lui dit-elle, on ne me donnerait plus rien.

Elle lui fixa le prix qu'il devait atteindre avant de livrer sa marchandise, tout en ajoutant qu'elle ne le perdrait pas de vue, et que, s'il ne lui rapportait pas fidèlement l'argent, elle saurait bien le forcer à le lui rendre.

– Si vous vous défiez[1] de moi, répondit Emmi offensé, portez votre marchandise vous-même et laissez-moi m'en aller.

– N'essaye pas de fuir, dit la vieille, je saurai te retrouver n'importe où ; ne réplique pas et obéis.

Il la suivit à distance comme elle l'exigeait, et vit bientôt le chemin couvert de mendiants plus affreux les uns que les autres. C'étaient les habitants d'Oursines, qui, ce jour-là, allaient tous ensemble se faire guérir à une fontaine miraculeuse. Tous étaient estropiés[2] ou couverts de plaies hideuses. Tous sortaient de la fontaine sains et allègres[3]. Le miracle n'était pas difficile à expliquer, tous leurs maux étant simulés et les reprenant au bout de quelques semaines[4], pour être guéris le jour de la fête suivante.

Emmi vendit ses œufs et ses poules, en reporta vite l'argent à la vieille, et, lui tournant le dos, s'en fut à travers la foule, les yeux écarquillés, admirant tout et s'étonnant de tout. Il vit des

Notes

1. **défiez** : méfiez.
2. **estropiés** : blessés.
3. **sains et allègres** : en bonne santé et pleins d'énergie.
4. **tous leurs maux étant simulés et les reprenant au bout de quelques semaines** : les faux mendiants faisaient semblant d'avoir mal, puis d'être guéris par l'eau de la fontaine miraculeuse. Ils renouvelaient cette comédie à chaque fois qu'ils allaient à la foire de Mauvert.

saltimbanques[1] faire des tours surprenants, et il s'était même un peu attardé à contempler leurs maillots pailletés et leurs bandeaux dorés, lorsqu'il entendit à côté de lui un singulier[2] dialogue. C'était la voix de la Catiche qui s'entretenait avec la voix rauque[3] du chef des saltimbanques. Ils n'étaient séparés de lui que par la toile de la baraque[4].

– Si vous voulez lui faire boire du vin, disait la Catiche, vous lui persuaderez tout[5] ce que vous voudrez. C'est un petit innocent[6] qui ne peut me servir à rien et qui prétend vivre tout seul dans la forêt, où il perche depuis un an dans un vieux[7] arbre. Il est aussi leste[8] et aussi adroit qu'un singe, il ne pèse pas plus qu'un chevreau, et vous lui ferez faire les tours les plus difficiles.

– Et vous dites qu'il n'est pas intéressé ? reprit le saltimbanque.

– Non, il ne se soucie pas de l'argent. Vous le nourrirez, et il n'aura pas l'esprit d'en demander davantage.

– Mais il voudra se sauver ?

– Bah ! avec des coups, vous lui en ferez passer l'envie.

– Allez me le chercher, je veux le voir.

– Et vous me donnerez vingt francs ?

– Oui, s'il convient.

La Catiche sortit de la baraque et se trouva face à face avec Emmi, à qui elle fit signe de la suivre.

– Non pas, lui dit-il, j'ai entendu votre marché. Je ne suis pas si innocent que vous croyez. Je ne veux pas aller avec ces gens-là pour être battu.

Notes

1. **saltimbanques** : gens du spectacle dont la fonction est d'attirer les clients dans les foires et les marchés.
2. **singulier** : étonnant.
3. **rauque** : enrouée.
4. **baraque** : tente dans laquelle les saltimbanques se préparent ou se changent.
5. **vous lui persuaderez tout** : vous arriverez à le convaincre de tout.
6. **innocent** : naïf, inoffensif.
7. **vieux** : actuellement, on emploie plutôt *vieil* devant un nom masculin commençant par une voyelle ou un *h* aspiré.
8. **leste** : innocent, naïf.

– Tu y viendras, pourtant, répondit la Catiche en lui prenant le poignet avec une main de fer et en l'attirant vers la baraque.

– Je ne veux pas, je ne veux pas ! cria l'enfant en se débattant et en s'accrochant de la main restée libre à la blouse d'un homme qui était près de lui et qui regardait le spectacle.

L'homme se retourna, et, s'adressant à la Catiche, lui demanda si ce petit était à elle.

– Non, non, s'écria Emmi, elle n'est pas ma mère, elle ne m'est rien, elle veut me vendre un louis d'or[7] à ces comédiens !

– Et toi, tu ne veux pas ?

– Non, je ne veux pas ! Sauvez-moi de ses griffes. Voyez ! elle me met en sang.

– Qu'est-ce qu'il y a *de*[10] cette femme et *de* cet enfant ? dit le beau gendarme Érambert, attiré par les cris d'Emmi et les vociférations[11] de la Catiche.

– Bah ! ça n'est rien, répondit le paysan qu'Emmi tenait toujours par sa blouse. C'est une pauvresse qui veut vendre un gars aux sauteurs de corde ; mais on l'empêchera bien, gendarme, on n'a pas besoin de vous.

– On a toujours besoin de la gendarmerie, mon ami. Je veux savoir ce qu'il y a *de* cette histoire-là.

Et, s'adressant à Emmi :

– Parle, jeune homme, explique-moi l'affaire.

À la vue du gendarme, la vieille Catiche avait lâché Emmi et avait essayé de fuir ; mais le majestueux[12] Érambert l'avait saisie par le bras, et vite elle s'était mise à rire et à grimacer en reprenant sa figure d'idiote. Pourtant, au moment où Emmi allait répondre, elle lui lança un regard suppliant où se peignait un grand effroi. Emmi avait été élevé dans la crainte des gendarmes, et il s'imagina que, s'il accusait la vieille,

Notes

9. **louis d'or** : ancienne pièce de monnaie en or, ainsi appelée en référence au nom des rois de France qui, depuis Louis XIII, l'ont fait fabriquer.

10. ***de*** : au sujet de.

11. **vociférations** : hurlements.

12. **majestueux** : imposant, impressionnant par sa taille.

Érambert allait lui trancher la tête avec son grand sabre. Il eut pitié d'elle et répondit :

– Laissez-la, monsieur, c'est une femme folle et imbécile qui m'a fait peur, mais qui ne voulait pas me faire de mal.

– La connaissez-vous ? n'est-ce pas la Catiche ? une femme qui fait semblant *de* ce qu'elle n'est pas ? Dites la vérité.

Un nouveau regard de la mendiante donna à Emmi le courage de mentir pour lui sauver la vie.

– Je la connais, dit-il, c'est une *innocente*[1].

– Je saurai *de* ce qui en est, répondit le beau gendarme en laissant aller la Catiche. Circulez, vieille femme, mais n'oubliez pas que depuis longtemps j'ai l'œil sur vous.

La Catiche s'enfuit, et le gendarme s'éloigna. Emmi, qui avait eu encore plus peur de lui que de la vieille, tenait toujours la blouse du père Vincent. C'était le nom du paysan qui s'était trouvé là pour le protéger, et qui avait une bonne figure douce et gaie.

– Ah çà ! petit, dit ce bonhomme à Emmi, tu vas me lâcher à la fin ? Tu n'as plus rien à craindre ; qu'est-ce que tu veux de moi ? cherches-tu ta vie ? veux-tu un sou ?

– Non, merci, dit Emmi, mais j'ai peur à présent de tout ce monde où me voilà seul sans savoir de quel côté me tourner.

– Et où voudrais-tu aller ?

– Je voudrais retourner dans ma forêt de Cernas sans passer par Oursines-les-Bois.

– Tu demeures à Cernas ? C'est bien aisé de t'y mener, puisque de ce pas je m'en vas dans la forêt. Tu n'auras qu'à me suivre ; j'entre souper sous la ramée[2], attends-moi au pied de cette croix[3], je reviendrai te prendre.

Notes

1. ***innocente*** : simple d'esprit, qui n'a pas toute sa raison.

2. **ramée** : assemblage de branches entrelacées.

3. Il s'agit d'une croix en pierre, en référence à la croix en bois où Jésus-Christ fut attaché. On en trouvait sur les chemins, aux carrefours, à l'entrée des villages...

Emmi trouva que la croix du village était encore trop près de la baraque des saltimbanques ; il aima mieux suivre le père Vincent sous la ramée, d'autant plus qu'il avait besoin de se restaurer[1] avant de se mettre en route.

– Si vous n'avez pas honte de moi, lui dit-il, permettez-moi de manger mon pain et mon fromage à côté de vous. J'ai de quoi payer ma dépense : tenez, voilà ma bourse, vous payerez pour nous deux, car je souhaite payer aussi votre dîner.

– Diable ! s'écria en riant le père Vincent, voilà un gars bien honnête et bien généreux ; mais j'ai l'estomac creux, et ta bourse n'est guère remplie. Viens, et mets-toi là. Reprends ton argent, petit, j'en ai assez pour nous deux.

Tout en mangeant ensemble, Vincent fit raconter à Emmi toute son histoire. Quand ce fut terminé, il lui dit :

– Je vois que tu as bonne tête et bon cœur, puisque tu ne t'es pas laissé tenter par les louis d'or de cette Catiche, et que pourtant tu n'as pas voulu l'envoyer en prison. Oublie-la et ne quitte plus ta forêt, puisque tu y es bien. Il ne tient qu'à toi de ne plus y être tout à fait seul. Tu sauras que j'y vais pour préparer les logements d'une vingtaine d'ouvriers qui se disposent à abattre le taillis[2] entre Cernas et la Planchette.

– Ah ! vous allez abattre la forêt ? dit Emmi consterné.

– Non ! nous faisons seulement une coupe dans une partie qui ne touche point à ton refuge du chêne parlant, et je sais qu'on ne touchera ni aujourd'hui, ni demain, à la région des vieux arbres. Sois donc tranquille, on ne te dérangera pas ; mais, si tu m'en crois, mon petit, tu viendras travailler avec nous. Tu n'es pas assez fort pour manier la serpe[3] et la cognée[4] ; mais, si tu es adroit, tu pourras très bien préparer les liens[5] et

Notes

1. **se restaurer** : se nourrir, manger.
2. **taillis** : lieu planté de petits arbres et d'arbustes que l'on coupe régulièrement.
3. **serpe** : instrument à manche court du bûcheron, qui sert à tailler les branches.
4. **cognée** : sorte de hache pour couper le gros bois.
5. **liens** : tout ce qui sert à lier ensemble les morceaux de bois afin de constituer des fagots.

t'occuper au fagotage[1], tout en servant les ouvriers, qui ont toujours besoin d'un gars pour faire leurs commissions et porter leurs repas. C'est moi qui ai l'entreprise de cette coupe. Les ouvriers sont à leurs pièces, c'est-à-dire qu'on les paye en raison du travail qu'ils font. Je te propose de t'en rapporter à moi pour juger de ce qu'il sera raisonnable de te donner, et je te conseille d'accepter. La vieille Catiche a eu raison de te dire que, quand on ne veut pas travailler, il faut être voleur ou mendiant, et, comme tu ne veux être ni l'un ni l'autre, prends vite le travail que je t'offre, l'occasion est bonne.

Emmi accepta avec joie. Le père Vincent lui inspirait une confiance absolue. Il se mit à sa disposition, et ils prirent ensemble le chemin de la forêt.

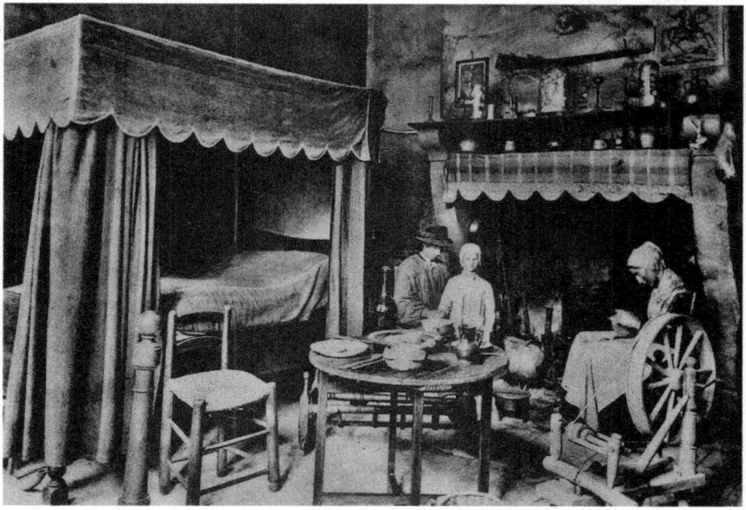

Intérieur d'une maison dans la région du Berry (XIXe siècle).

Note

1. **fagotage** : faire des fagots, c'est-à-dire réunir et attacher le petit bois.

La Catiche : un personnage maléfique

Questions sur les lignes 592 à 744 (pp. 40 à 45)

Que s'est-il passé entre-temps ?

1. Mettez les phrases du résumé dans le bon ordre en les numérotant de 1 à 6.

   a) …… Emmi accompagne la Catiche chez elle.

   b) …… Emmi mange et dort chez la Catiche.

   c) …… La Catiche raconte à Emmi ce qu'elle a appris à Cernas.

   d) …… Emmi suit discrètement la Catiche jusqu'à sa cahute.

   e) …… La Catiche raconte sa vie et révèle son secret à Emmi.

   f) …… Emmi écoute les conseils du vieux chêne et refuse de suivre la Catiche.

Avez-vous bien lu ?

2. Quel travail Emmi doit-il effectuer pour la Catiche ?

3. Que font les habitants d'Oursines-les-Bois lorsqu'ils vont à la foire de Mauvert ?

4. Que propose la Catiche au chef des saltimbanques ?

5. Pourquoi le gendarme Érambert intervient-il ?

6. Pourquoi Emmi ne parle-t-il pas au gendarme des intentions de la Catiche le concernant ?

Étudier le vocabulaire

7 Relevez tout ce qui indique que la Catiche est un personnage mauvais et dangereux. Quels termes péjoratifs* lui sont associés ?

8 Relevez les termes mélioratifs* qui qualifient Vincent et le gendarme Érambert. Selon vous, pourquoi le narrateur les présente-t-il immédiatement de cette manière ?

***termes péjoratifs* : mots qui donnent une impression négative (ex. : *hideux*).**

***termes mélioratifs* : mots qui donnent une impression positive (ex. : *superbe*).**

Étudier l'action

9 Qu'est-ce qui peut expliquer l'attitude changeante de la Catiche à l'égard d'Emmi ?

10 De quelle façon le père Vincent vient-il plusieurs fois en aide à Emmi ?

Types de phrases

Dans un dialogue, un interlocuteur s'adresse à son destinataire avec un objectif. Il emploie, pour cela, des types de phrases différents :
– la phrase **interrogative**, pour obtenir de lui un renseignement;
– la phrase **impérative**, pour le faire agir ou réagir;
– la phrase **déclarative**, pour énoncer un fait ou donner une information;
– et aussi la phrase **exclamative**, pour exprimer un sentiment.

Étudier les types des phrases

11 Associez chaque phrase à l'objectif qui lui correspond.
Phrases :
1. « Parle, jeune homme, explique-moi l'affaire. »
2. « Qu'est-ce qu'il y a de cette femme et de cet enfant ? »
3. « C'est une femme folle et imbécile qui m'a fait mal. »
4. « Diable ! Voilà un gars bien honnête et généreux ! »

Objectifs :
A. Obtenir un renseignement.
B. Donner une information.
C. Faire agir ou réagir.
D. Exprimer un sentiment.
Réponse : 1. ……… / 2. ……… / 3. ……… / 4. ………

À VOS PLUMES !

12 Le gendarme Érambert rentre chez lui le soir et raconte à ses enfants ce qui est arrivé sur la place du marché, comment il est intervenu et comment l'événement s'est terminé. Rédigez son récit en employant la 1re personne du singulier et en le commençant par : « J'étais sur la place du marché quand j'ai… »

13 Emmi *« s'en fut à travers la foule, les yeux écarquillés, admirant tout et s'étonnant de tout »* (p. 40, l. 615-616). Décrivez ce que regarde et admire Emmi, tour à tour, sur la place du marché.

DÉBAT

14 Que nous apprend le conte de George Sand sur la façon dont on traitait les enfants à son époque ? Engagez une discussion sur ce qui vous paraît le plus étonnant et le plus dérangeant.

RECHERCHE DOCUMENTAIRE

15 Faites une recherche sur les lois françaises et européennes qui protègent les enfants et les personnes fragiles.

Il faisait nuit quand ils arrivèrent, et, quoique le père Vincent connût bien les chemins, il eût été embarrassé de trouver dans l'obscurité la taille des buttes[1], si Emmi, qui s'était habitué à voir la nuit comme les chats, ne l'eût conduit par le plus court. Ils trouvèrent un abri déjà préparé par les ouvriers, qui y étaient venus dès la veille. Cela consistait en perches placées en pignon[2] avec leurs branchages, et recouvertes de grandes plaques de mousse et de gazon. Emmi fut présenté aux ouvriers et bien accueilli. Il mangea la soupe bien chaude et dormit de tout son cœur.

Le lendemain, il fit son apprentissage : allumer le feu, faire la cuisine, laver les pots, aller chercher de l'eau, et le reste du temps aider à la construction de nouvelles cabanes pour les vingt autres bûcherons qu'on attendait. Le père Vincent, qui commandait et surveillait tout, fut émerveillé de l'intelligence, de l'adresse et de la promptitude[3] d'Emmi. Ce n'est pas lui qui apprenait à tout faire avec rien; c'est lui qui l'apprenait aux plus malins, et tous s'écrièrent que ce n'était pas un gars, mais un esprit follet que les bons diables de la forêt avaient mis à leur service. Comme, avec tous ses talents et industries[4], Emmi était obéissant et modeste, il fut pris en amitié, et les plus rudes de ces bûcherons lui parlèrent avec douceur et lui commandèrent avec discrétion[5].

Au bout de cinq jours, Emmi demanda au père Vincent s'il était libre d'aller faire son dimanche[6] où bon lui semblerait.

– Tu es libre, lui répondit le brave homme; mais, si tu veux m'en croire, tu iras revoir ta tante et les gens de ton village. S'il est vrai que ta tante ne se soucie pas de te reprendre, elle

Notes

1. **taille des buttes** : endroit où devaient travailler les bûcherons.
2. **placées en pignon** : dressées en triangle.
3. **promptitude** : rapidité, vivacité.
4. **industries** : savoir-faire, habileté à exécuter son travail manuel.
5. **avec discrétion** : avec retenue, délicatement.
6. **faire son dimanche** : passer la journée du dimanche (jour de congé).

sera contente de te savoir en position de gagner ta vie sans qu'elle s'en mêle, et, si tu penses qu'on te battra à la ferme pour avoir quitté ton troupeau, j'irai avec toi pour apaiser les gens et te protéger. Sois sûr, mon enfant, que le travail est le meilleur des passeports et qu'il purifie tout.

Emmi le remercia du bon conseil, et le suivit. Sa tante, qui le croyait mort, eut peur en le voyant ; mais, sans lui raconter ses aventures, Emmi lui fit savoir qu'il travaillait avec les bûcherons et qu'il ne serait plus jamais à sa charge. Le père Vincent confirma son dire, et déclara qu'il regardait l'enfant comme le sien et en faisait grande estime. Il parla de même à la ferme, où on les obligea de boire et de manger. La grand'Nanette y vint pour embrasser Emmi devant le monde et faire la bonne âme[1] en lui apportant quelques hardes[2] et une demi-douzaine de fromages. Bref, Emmi s'en revint avec le vieux bûcheron, réconcilié avec tout le monde, dégagé de tout blâme[3] et de tout reproche.

Quand ils eurent traversé la lande, Emmi dit à Vincent :

– Ne m'en voudrez-vous point si je vais passer la nuit dans mon chêne ? Je vous promets d'être à la taille des buttes avant soleil levé.

– Fais comme tu veux, répondit le bûcheron ; c'est donc une idée que tu as comme ça de percher ?

Emmi lui fit comprendre qu'il avait pour ce chêne une amitié fidèle, et l'autre l'écouta en souriant, un peu étonné de son idée, mais porté à le croire et à le comprendre. Il le suivit jusque-là et voulut voir sa cachette. Il eut de la peine à grimper assez haut pour l'apercevoir. Il était encore agile et fort, mais le passage entre les branches était trop petit pour lui. Emmi seul pouvait se glisser partout.

– C'est bien et c'est gentil, dit le bonhomme en redescendant ; mais tu ne pourras pas coucher là longtemps : l'écorce,

Notes

1. **faire la bonne âme** : faire la gentille.
2. **hardes** : habits.
3. **tout blâme** : toute mauvaise pensée à son sujet.

en grossissant et en se roulant[1], finira par boucher l'ouverture, et toi, tu ne seras pas toujours mince comme un fétu[2]. Après ça, si tu y tiens, on peut élargir la fente avec une serpe ; je te ferai cet ouvrage-là, si tu le souhaites.

– Oh non ! s'écrira Emmi, tailler dans mon chêne, pour le faire mourir !

– Il ne mourra pas ; un arbre bien taillé dans ses parties malades ne s'en porte que mieux.

– Eh bien, nous verrons plus tard, répondit Emmi.

Ils se souhaitèrent la bonne nuit et se séparèrent.

Comme Emmi se trouva heureux de reprendre possession de son gîte ! Il lui semblait l'avoir quitté depuis un an. Il pensait à l'affreuse nuit qu'il avait passée chez la Catiche et faisait maintenant des réflexions très justes sur la différence des goûts et le choix des habitudes. Il pensait à tous ces gueux[3] d'Oursines-les-Bois, qui se croyaient riches parce qu'ils cachaient des louis d'or dans leurs paillasses[4] et qui vivaient dans la honte et l'infection, tandis que lui tout seul, sans mendier, il avait dormi plus d'une année dans un palais de feuillage, au parfum des violettes et des mélites[5], au chant des rossignols et des fauvettes[6], sans souffrir de rien, sans être humilié par personne, sans disputes, sans maladies, sans rien de faux et de mauvais dans le cœur.

– Tous ces gens d'Oursines, à commencer par la Catiche, se disait-il, ont plus d'argent qu'il ne leur en faudrait pour se bâtir de bonnes petites maisons, cultiver de gentils jardins, élever du bétail sain et propre ; mais la paresse les empêche de jouir de ce qu'ils ont, ils se laissent croupir[7] dans l'ignominie[8].

Notes

1. en se roulant : en s'enroulant sur elle-même et en s'épaississant.
2. fétu : brin de paille.
3. gueux : mendiants (terme méprisant).
4. paillasses : matelas faits avec une toile remplie de paille.
5. mélites : fleurs sauvages qui ressemblent à de petites orchidées.
6. fauvettes : petits oiseaux des bois.
7. croupir : pourrir.
8. ignominie : bassesse et déshonneur.

Ils sont comme fiers du dégoût et du mépris qu'ils inspirent, ils se moquent des braves gens qui ont pitié d'eux, ils volent les vrais pauvres, ceux qui souffrent sans se plaindre. Ils se cachent pour compter leur argent et périssent de misère. Quelle folie triste et honteuse, et comme le père Vincent a raison de dire que le travail est ce qui garde et purifie le plaisir de vivre !

Une heure avant le jour, Emmi, qui s'était commandé à lui-même de ne pas dormir trop serré[1], s'éveilla et regarda autour de lui. La lune s'était levée tard et n'était pas couchée. Les oiseaux ne disaient rien encore. La chouette faisait sa ronde et n'était pas rentrée. Le silence est une belle chose, il est rare dans une forêt, où il y a toujours quelque être qui grimpe ou quelque chose qui tombe. Emmi but ce beau silence comme un rafraîchissement en se rappelant le vacarme étourdissant de la foire, le tam-tam et la grosse caisse[2] des saltimbanques, les disputes des acheteurs et des vendeurs, le grincement des vielles[3] et le mugissement[4] des cornemuses[5], les cris des animaux ennuyés ou effrayés, les rauques chansons[6] des buveurs, tout ce qui l'avait tour à tour étonné, amusé, épouvanté. Quelle différence avec les voix mystérieuses, discrètes ou imposantes de la forêt ! Une faible brise s'éleva avec l'aube et fit frissonner mélodieusement la cime des arbres. Celle du chêne semblait dire :

– Reste tranquille, Emmi ; sois tranquille et content, petit Emmi.

« Tous les arbres parlent », lui avait dit la Catiche.

Notes

1. **serré** : profondément.
2. **grosse caisse** : gros tambour.
3. **vielles** : instruments de musique à cordes, que l'on actionne avec une manivelle.
4. **mugissement** : son qui ressemble au souffle d'un animal.
5. **cornemuses** : instruments de musique à vent, composés de tuyaux et d'une poche en peau de mouton.
6. **rauques chansons** : chansons chantées d'une voix enrouée, parce que les chanteurs ont trop bu.

– C'est vrai, pensait-il, ils ont tous leur voix et leur manière de gémir ou de chanter ; mais ils ne savent ce qu'ils disent, à ce que prétend cette sorcière. Elle ment : les arbres se plaignent ou se réjouissent innocemment. Elle ne peut pas les comprendre, elle qui ne pense qu'au mal !

Emmi fut aux coupes à l'heure dite et y travailla tout l'été et tout l'hiver suivant. Tous les samedis soir, il allait coucher dans son chêne. Le dimanche, il faisait une courte visite aux habitants de Cernas et revenait à son gîte jusqu'au lundi matin. Il grandissait et restait mince et léger, mais se tenait très proprement et avait une jolie mine éveillée et aimable qui plaisait à tout le monde. Le père Vincent lui apprenait à lire et à compter. On faisait cas de son esprit, et sa tante, qui n'avait pas d'enfants, eût souhaité le retenir auprès d'elle pour lui faire honneur et profit, car il était de bon conseil et paraissait s'entendre à tout.

Mais Emmi n'aimait que les bois. Il en était venu à y voir, à y entendre des choses que n'entendaient ni ne voyaient les autres. Dans les longues nuits d'hiver, il aimait surtout la région des pins, où la neige amoncelée dessinait, le long des rameaux noirs, de grandes belles formes blanches mollement couchées, qui, parfois balancées par la brise, semblaient se mouvoir et s'entretenir mystérieusement. Le plus souvent elles paraissaient dormir, et il les regardait avec un respect mêlé de frayeur. Il eût craint de dire un mot, de faire un mouvement qui eût réveillé ces belles fées de la nuit et du silence. Dans la demi-obscurité des nuits claires où les étoiles scintillaient comme des yeux de diamant en l'absence de la lune, il croyait saisir les formes de ces êtres fantastiques, les plis de leurs robes, les ondulations de leurs chevelures d'argent. Aux approches du dégel, elles changeaient d'aspect et d'attitude, et il les entendait tomber des branches avec un bruit frais et léger, comme si, en touchant la nappe neigeuse du sol, elles eussent pris un souple élan pour s'envoler ailleurs.

Quand la glace emprisonnait le petit ruisseau, il la cassait pour boire, mais avec précaution, pour ne pas abîmer l'édifice de cristal que formait sa petite chute. Il aimait à regarder le long des chemins de la forêt les girandoles[1] du givre et les stalactites[2] irisées par le soleil levant.

Il y avait des soirs où l'architecture transparente des arbres privés de feuilles se dessinait en dentelle noire sur le ciel rouge ou sur le fond nacré[3] des nuages éclairés par la lune. Et, l'été, quelles chaudes rumeurs[4], quels concerts d'oiseaux sous le feuillage ! Il faisait la guerre aux rongeurs et aux fureteurs[5] friands des œufs ou des petits dans les nids. Il s'était fabriqué un arc et des flèches et s'était rendu très adroit à tuer les rats et les vipères. Il épargnait les belles couleuvres inoffensives qui serpentent avec tant de grâce sur la mousse, et les charmants écureuils, qui ne vivent que des amandes du pin, si adroitement extraites par eux de leur cône.

Il avait si bien protégé les nombreux habitants de son vieux chêne que tous le connaissaient et le laissaient circuler au milieu d'eux. Il s'imaginait comprendre le rossignol le remerciant d'avoir sauvé sa nichée et disant tout exprès pour lui ses plus beaux airs. Il ne permettait pas aux fourmis de s'établir dans son voisinage ; mais il laissait le pivert[6] travailler dans le bois pour en retirer les insectes rongeurs qui le détériorent. Il chassait les chenilles du feuillage. Les hannetons[7] voraces[8] ne

Notes

1. **girandoles** : chandeliers à plusieurs branches ornées de pierreries brillantes.
2. **stalactites** : concrétions de glace qui se forment par l'effet de l'eau qui gèle en coulant des parois.
3. **nacré** : brillant et reflétant la lumière.
4. **rumeurs** : ensemble de bruits confus provenant de plusieurs origines.
5. **fureteurs** : animaux qui fouillent partout pour trouver de quoi se nourrir.
6. **pivert** : oiseau qui frappe de son bec contre les troncs des arbres pour atteindre les insectes situés sous l'écorce et creuser des trous afin d'y pondre ses œufs. C'est aussi, pour lui, le moyen de communiquer avec les autres piverts.
7. **hannetons** : insectes dont la carapace est noire ou beige.
8. **voraces** : affamés, qui dévorent tout ce qu'ils trouvent à manger.

trouvaient pas grâce devant lui. Tous les dimanches, il faisait à son cher arbre une toilette complète, et en vérité jamais le chêne ne s'était si bien porté et n'avait étalé une si riche et si fraîche verdure. Emmi ramassait les glands les plus sains et allait les semer sur la lande voisine où il soignait leur première enfance en empêchant la bruyère et la cuscute[1] de les étouffer.

Il avait pris les lièvres en amitié et n'en voulait plus détruire pour sa nourriture. De son arbre, il les voyait danser sur le serpolet[2], se coucher sur le flanc comme des chiens fatigués, et tout à coup, au bruit d'une feuille sèche qui se détache, bondir avec une grâce comique, et s'arrêter court[3], comme pour réfléchir après avoir cédé à leur peur. Si, en se promenant par les chaudes journées, il se sentait le besoin de faire une sieste, il grimpait dans le premier arbre venu, et, choisissant son gîte, il entendait les ramiers[4] le bercer de leurs grasseyements[5] monotones et caressants ; mais il était délicat pour son coucher et ne dormait tout à fait bien que dans son chêne.

Il fallut pourtant quitter cette chère forêt quand la coupe fut terminée et enlevée. Emmi suivit le père Vincent, qui s'en allait à cinq lieues[6] de là, du côté d'Oursines, pour entreprendre une autre coupe dans une autre propriété.

Depuis le jour de la foire, Emmi n'était pas retourné dans ce vilain endroit et n'avait pas aperçu la Catiche. Était-elle morte, était-elle en prison ? Personne n'en savait rien. Beaucoup de mendiants disparaissaient comme cela sans qu'on puisse dire ce qu'ils sont devenus. Personne ne les cherche ni ne les regrette.

Emmi était très bon. Il n'avait pas oublié le temps de solitude absolue où, la croyant idiote et misérable, il l'avait vue chaque

Notes

1. **cuscute** : plante parasite qui s'enroule autour des tiges des plantes hôtes et les étouffe ainsi rapidement.
2. **serpolet** : plante aromatique basse, très odorante.
3. **s'arrêter court** : s'arrêter brusquement.
4. **ramiers** : gros pigeons sauvages.
5. **grasseyements** : roucoulements.
6. **cinq lieues** : à peu près 20 km. La lieue est une ancienne unité de longueur qui correspond à environ 4 km.

semaine au pied de son chêne lui apportant le pain dont il était privé et lui faisant entendre le son de la voix humaine. Il confia au père Vincent le désir qu'il avait d'avoir de ses nouvelles, et ils s'arrêtèrent à Oursines pour en demander. C'était jour de fête dans cette cour des miracles[1]. On trinquait et on chantait en choquant les pots[2]. Deux femmes décoiffées et les cheveux au vent se battaient devant une porte, les enfants barbotaient dans une mare infecte. Sitôt que les deux voyageurs parurent, les enfants s'envolèrent comme une bande de canards sauvages. Leur fuite avertit de proche en proche les habitants. Tout bruit cessa, et les portes se fermèrent. La volaille effarouchée se cacha dans les buissons.

– Puisque ces gens ne veulent pas qu'on voie leurs ébats[3], dit le père Vincent, et puisque tu connais le logis de la Catiche, allons-y tout droit.

Ils y frappèrent plusieurs fois sans qu'on leur répondît. Enfin une voix cassée cria d'entrer, et ils poussèrent la porte. La Catiche, pâle, maigre, effrayante, était assise sur une grande chaise auprès du feu, ses mains desséchées collées sur les genoux. En reconnaissant Emmi, elle eut une expression de joie.

– Enfin, dit-elle, te voilà, et je peux mourir tranquille !

Elle leur expliqua qu'elle était paralytique[4] et que ses voisines venaient la lever le matin, la coucher le soir et la faire manger à ses heures.

– Je ne manque de rien, ajouta-t-elle, mais j'ai un grand souci. C'est mon pauvre argent qui est là, sous cette pierre où je pose mes pieds. Cet argent, je le destine à Emmi, qui est un bon cœur et qui m'a sauvée de la prison au moment où je voulais le vendre à de mauvaises gens ; mais, sitôt que

Notes

1. **cour des miracles** : terme qui désigne un espace où se réunissent de faux infirmes qui mendient.
2. **pots** : récipients en terre dans lesquels on verse le vin.
3. **qu'on voie leurs ébats** : qu'on constate qu'ils s'amusent bien.
4. **paralytique** : atteinte désormais de paralysie.

je serai morte, mes voisines fouilleront partout et trouveront mon trésor : c'est cela qui m'empêche de dormir et de me faire soigner convenablement. Il faut prendre cet argent, Emmi, et l'emporter loin d'ici. Si je meurs, garde-le, je te le donne ; ne te l'avais-je pas promis ? Si je reviens à la santé, tu me le rapporteras ; tu es honnête, je te connais. Il sera toujours à toi, mais j'aurai le plaisir de le voir et de le compter jusqu'à ma dernière heure.

Emmi refusa d'abord. C'était de l'argent volé qui lui répugnait ; mais le père Vincent offrit à la Catiche de s'en charger pour le lui rendre à sa première réclamation, ou pour le placer au nom d'Emmi, si elle venait à mourir sans le réclamer. Le père Vincent était connu dans tout le pays pour un homme juste qui avait honnêtement amassé du bien[1], et la Catiche, qui rôdait partout et entendait tout, n'était pas sans savoir qu'on devait se fier à lui[2]. Elle le pria de bien fermer les huisseries[3] de sa cabane, puis de reculer sa chaise, car elle ne pouvait se mouvoir, et de soulever la pierre du foyer. Il y avait bien plus qu'elle n'avait montré la première fois à Emmi. Il y avait cinq bourses de peau[4] et environ cinq mille francs en or[5]. Elle ne voulut garder que trois cents francs en argent pour payer les soins de ses voisins et se faire enterrer.

Et, comme Emmi regardait ce trésor avec dédain :

– Tu sauras plus tard, lui dit la Catiche, que la misère est un méchant mal. Si je n'étais pas née dans ce mal, je n'aurais pas fait ce que j'ai fait.

– Si vous vous en repentez, lui dit le père Vincent, Dieu vous le pardonnera.

Notes

1. amassé du bien : gagné de l'argent, dont il avait mis une bonne partie de côté.
2. se fier à lui : lui faire confiance.
3. huisseries : verrous et autres fermetures.
4. bourses de peau : petits sacs en cuir dans lesquels on transporte son argent (anciens porte-monnaie).
5. cinq mille francs en or : la Catiche est très riche car il s'agit d'une somme considérable pour l'époque.

– Je m'en repens, répondit-elle, depuis que je suis paralytique, parce que je meurs dans l'ennui et la solitude. Mes voisins me déplaisent autant que je leur déplais. Je pense à cette heure que j'aurais mieux fait de vivre autrement.

Emmi lui promit de revenir la voir et suivit le père Vincent dans son nouveau travail. Il regretta bien un peu sa forêt de Cernas, mais il avait l'idée du devoir et fit le sien fidèlement. Au bout de huit jours, il retourna vers la Catiche. Il arriva comme on emportait sa bière[1] sur une petite charrette traînée par un âne. Emmi la suivit jusqu'à la paroisse[2], qui était distante d'un quart de lieue, et assista à son enterrement. Au retour, il vit que tout chez elle était au pillage[3] et qu'on se battait à qui aurait ses nippes[4]. Il ne se repentit plus d'avoir soustrait à ces mauvaises gens le trésor de la vieille.

Quand il fut de retour à la coupe, le père Vincent lui dit :

– Tu es trop jeune pour avoir cet argent-là. Tu n'en saurais pas tirer parti, ou tu te laisserais voler. Si tu m'agrées pour tuteur[5], je le placerai pour le mieux, et je t'en servirai la rente[6] jusqu'à ta majorité.

– Faites-en ce qu'il vous plaira, répondit Emmi ; je m'en rapporte à vous. Pourtant, si c'est de l'argent volé, comme la vieille s'en vantait, ne vaudrait-il pas mieux essayer de le rendre ?

– Le rendre à qui ? Ç'a été volé sou par sou, puisque cette femme obtenait la charité en trompant le monde et en chipant deçà et delà on ne sait à qui, des choses que nous ne savons pas, et que personne ne songe plus à réclamer. L'argent n'est

Notes

1. bière : cercueil.
2. paroisse : lieu où l'on procède à la célébration religieuse (dans l'église), puis à l'enterrement (dans le cimetière).
3. tout chez elle était au pillage : on était en train de voler tout ce que contenait sa maison.
4. nippes : linges de maison.
5. Si tu m'agrées pour tuteur : si tu acceptes que je sois ton tuteur et que je m'occupe de ton argent.
6. je t'en servirai la rente : je te verserai à date fixe une somme prélevée sur ce placement.

pas coupable, la honte est pour ceux qui en font mauvais emploi. La Catiche était une champie[1], elle n'avait pas de famille, elle n'a pas laissé d'héritier ; elle te donne son bien, non pas pour te remercier d'avoir fait quelque chose de mal, mais au contraire parce que tu lui as pardonné celui qu'elle voulait te faire. J'estime donc que c'est pour toi un héritage bien acquis, et qu'en te le donnant cette vieille a fait la seule bonne action de sa vie. Je ne veux pas te cacher qu'avec le revenu que je te servirai, tu as le moyen de ne pas travailler beaucoup ; mais, si tu es, comme je le crois, un vrai bon sujet, tu continueras à travailler de tout ton cœur[2], comme si tu n'avais rien.

– Je ferai comme vous me conseillez, répondit Emmi. Je ne demande qu'à rester avec vous et à suivre vos commandements.

Le brave garçon n'eut point à se repentir de la confiance et de l'amitié qu'il sentait pour son maître. Celui-ci le regarda toujours comme son fils et le traita en bon père. Quand Emmi fut en âge d'homme, il épousa une des petites-filles du vieux bûcheron, et, comme il n'avait pas touché à son capital[3], que les intérêts[4] de chaque année avaient grossi, il se trouva riche pour un paysan de ce temps-là. Sa femme était jolie, courageuse et bonne ; on faisait grand cas, dans tout le pays, de ce jeune ménage, et, comme Emmi avait acquis quelque savoir et montrait beaucoup d'intelligence dans sa partie[5], le propriétaire de la forêt de Cernas le choisit pour son garde général

Notes

1. **champie** : enfant trouvée, c'est-à-dire abandonnée à la naissance. Il s'agit d'un terme régional qui désigne un enfant trouvé dans les champs et recueilli, le plus souvent, par des paysans.
2. **de tout ton cœur** : avec ardeur et courage, de toutes tes forces.
3. **capital** : somme d'argent dont une personne dispose au départ et qu'elle peut faire fructifier en la plaçant pour obtenir des intérêts.
4. **intérêts** : ce que rapporte l'argent placé.
5. **sa partie** : ce qu'il savait faire, sa spécialité.

et lui fit bâtir une jolie maison dans le plus bel endroit de la vieille futaie[1], tout auprès du chêne parlant.

La prédiction du père Vincent s'était facilement réalisée. Emmi était devenu trop grand pour occuper son ancien gîte, et le chêne avait refait tant d'écorce, que la logette[2] s'était presque refermée. Quand Emmi, devenu vieux, vit que la fente allait bientôt se fermer tout à fait, il écrivit avec une pointe d'acier, sur une plaque de cuivre, son nom, la date de son séjour dans l'arbre et les principales circonstances de son histoire, avec cette prière à la fin : « Feu du ciel et du vent de la montagne, épargnez mon ami le vieux chêne. Faites qu'il voie encore grandir mes petits-enfants et leurs descendants aussi. Vieux chêne qui m'as parlé, dis-leur aussi quelquefois une bonne parole pour qu'ils t'aiment toujours comme je t'ai aimé. »

Emmi jeta cette plaque écrite dans le creux où il avait longtemps dormi et songé.

La fente s'est refermée tout à fait. Emmi a fini de vivre, et l'arbre vit toujours. Il ne parle plus, ou, s'il parle, il n'y a plus d'oreilles capables de le comprendre. On n'a plus peur de lui, mais l'histoire d'Emmi s'est répandue, et, grâce au bon souvenir que l'homme a laissé, le chêne est toujours respecté et béni.

Notes

1. **futaie** : forêt de grands et vieux arbres.

2. **logette** : trou étroit dans lequel Emmi logeait.

La leçon du conte

Questions sur les lignes 864 à 1076 (pp. 53 à 60)

Que s'est-il passé entre-temps ?

1 Entourez l'information en gras qui est exacte dans ce résumé.

« Emmi intègre un groupe de **bucherons/chasseurs** dans la forêt de Cernas. Il se rend utile grâce à sa bonne connaissance **de la forêt / du gibier**. Il est apprécié de ses compagnons pour **l'argent de la Catiche qu'il leur distribue / ses talents et ses qualités morales**. Avec le père Vincent, il va voir sa tante et les gens du village pour **se faire pardonner / donner de ses nouvelles**. Au village, il est très **bien/ mal** accueilli. Il montre, ensuite, le vieux chêne au père Vincent, qui lui dit que, bientôt, il ne pourra plus y dormir car **le trou se refermera / l'arbre sera abattu**. Durant la **nuit/journée** qu'il passe sur le chêne, Emmi compare les différentes façons de vivre et se dit que les gens d'Oursines ont fait le **bon/mauvais** choix et qu'ils ont **bien/mal** employé l'argent qu'ils ont récolté. Au réveil, Emmi croit entendre la voix du chêne qui **le rassure et l'encourage / le contredit et le gronde**. »

Avez-vous bien lu ?

2 Vrai ou faux ? Entourez la bonne réponse.

a) Le père Vincent apprend à lire et compter à Emmi. ❑ Vrai ❑ Faux

b) Emmi voit et entend des choses que personne ne perçoit dans la forêt de Cernas. ❑ Vrai ❑ Faux

c) Emmi ne connaît pas les habitants du vieux chêne. ❑ Vrai ❑ Faux

d) Emmi plante des glands et protège les jeunes chênes. ❑ Vrai ❑ Faux

e) Très malade, la Catiche propose à Emmi de lui donner son trésor. ❑ Vrai ❑ Faux

f) La Catiche dit qu'elle ne regrette rien de ce qu'elle a fait. ❑ Vrai ❑ Faux

g) Le père Vincent considère Emmi comme son fils. ❑ Vrai ❑ Faux

h) Emmi grave ses initiales et celles de sa femme sur le tronc du chêne. ❑ Vrai ❑ Faux

Le récit d'apprentissage

Le récit d'apprentissage présente un héros qui **découvre** progressivement sa personnalité, ses capacités, ses qualités et ses défauts grâce à des épreuves et des rencontres qui lui ont permis de **s'interroger**, de **réfléchir** et de **grandir**.
Les contes qui permettent de **se forger une opinion** sur des notions importantes et compliquées (ex. : le rapport de l'homme à la nature ou la place que doit prendre l'argent dans la vie) et qui **proposent des réponses** sont appelés des « contes de sagesse ».

ÉTUDIER LA CONSTRUCTION D'UN RÉCIT D'APPRENTISSAGE

3 Comment Emmi est-il, désormais, considéré par les gens de son village ? Qu'est-ce qui a favorisé leur changement de point de vue* ?

4 Comment le père Vincent aide-t-il Emmi à s'épanouir ?

5 De quelle façon la Catiche a-t-elle permis à Emmi de grandir ?

*** *point de vue* : façon (négative ou positive) dont on considère les choses.**

Étudier la relation de l'être humain à la nature

6 Dans la liste suivante, choisissez au moins 2 adjectifs qui permettent, selon vous, de qualifier la relation qu'Emmi entretient avec la nature. Justifiez chacun de vos choix en citant un extrait du texte.

bienveillante – complémentaire – incorrecte – inutile – maladroite – monstrueuse – prétentieuse – respectueuse – ridicule – utile

Étudier les fonctions de l'adjectif

Fonctions de l'adjectif

- L'adjectif est **épithète du nom** lorsqu'il fait partie du groupe nominal et complète directement le nom.
- L'adjectif est **attribut du sujet** lorsqu'il est séparé du sujet par un verbe conjugué (appelé « verbe attributif » ou « verbe d'état »).

7 Dans les passages suivants, soulignez les adjectifs. Indiquez si leur fonction est épithète du nom ou attribut du sujet.

– « *Il grandissait et restait mince et léger, mais se tenait très proprement et avait une jolie mine éveillée et aimable qui plaisait à tout le monde.* »

– « *Cet argent, je le destine à Emmi, qui est un bon cœur* [...]. *Mais sitôt que je serai morte, mes voisines fouilleront partout.* »

– « *Sa femme était jolie, courageuse et bonne ; on faisait grand cas, dans tout le pays, de ce jeune ménage.* »

À vos plumes !

8 Écrivez une lettre ouverte*. Vous l'intitulerez « À ceux qui aiment la forêt ».

9 Rédigez la lettre qu'Emmi aurait pu écrire au vieux chêne avant de le quitter définitivement.

*** *lettre ouverte* :** **lettre qui donne l'impression que son auteur s'adresse à quelqu'un en particulier, alors qu'en réalité il s'adresse à un large public qu'il cherche à faire réagir sur un sujet précis.**

Recherche documentaire

10 Faites une recherche sur ce que l'on appelle une « cour des miracles » (p. 56, l. 949). Pourquoi ce terme s'applique-t-il bien aux habitants d'Oursines-les-Bois ? Dans quel autre passage du conte George Sand l'évoque-t-elle ?

11 Faites une recherche sur la famille des chênes (caractéristiques, habitat…). Préparez, ensuite, un panneau ou un diaporama que vous présenterez à vos camarades. Vous l'illustrerez au moyen d'images et de quelques citations du conte de George Sand.

Débat

12 Par quels moyens peut-on, actuellement, protéger l'environnement ?

13 Selon vous, sur quelles idées importantes George Sand a-t-elle voulu faire réfléchir ses petites-filles en écrivant pour elles ce conte ?

Retour sur l'œuvre

Activités autour du *Chêne parlant*

L'histoire d'Emmi et de la Catiche

1 Cochez la bonne réponse.

a) Qui est la Catiche ?

❑ La tante d'Emmi.

❑ La femme du fermier.

❑ Une vieille mendiante.

b) Quel est le secret de la Catiche ?

❑ Elle se fait passer pour une pauvre démente, alors qu'elle est riche et saine d'esprit.

❑ C'est une fée qui a pris l'apparence d'une sorcière.

❑ Elle comprend parfaitement le langage des arbres.

c) Que propose la Catiche à Emmi ?

❑ Faire de lui son héritier s'il entre à son service.

❑ Lui apporter du lait et des œufs, en plus du pain.

❑ Lui apprendre à lire et à écrire.

d) Où la Catiche emmène-t-elle Emmi après l'avoir invité chez elle ?

❑ Chez ses voisins qui ont organisé une grande fête.

❑ Chez sa tante.

❑ À la foire de Mauvert.

e) Quelle est son intention en l'emmenant là ?

❑ Qu'Emmi s'amuse un peu et rencontre une jolie fiancée.

❑ Qu'Emmi se réconcilie avec sa tante.

❑ Vendre Emmi à des saltimbanques.

f) Qui aide Emmi à retourner dans la forêt ?

❑ La Catiche.

❑ Un gendarme.

❑ Le père Vincent.

g) Que devient la Catiche à la fin de l'histoire ?

❑ Elle rejoint sa famille à Cernas.

❑ Elle meurt, après avoir légué sa fortune et ses biens à Emmi.

❑ Elle est envoyée en prison.

h) Que devient Emmi à la fin de l'histoire ?

❑ Il se marie et devient garde général de la forêt.

❑ Il disparaît dans la forêt.

❑ Il retourne à la ferme et garde désormais les vaches.

Les personnages

2 Reliez chaque personnage à sa présentation.

la Catiche •	• Elle habite Oursines et se fait passer pour folle.
Emmi •	• Ce bûcheron est connu de tous pour être honnête et juste.
Érambert •	• Il a grandi dans la forêt et en est devenu le garde général.
Nanette •	• Elle habite Cernas, n'a pas d'enfant et s'est remariée.
Vincent •	• Il est gendarme et fait régner l'ordre durant la foire.

Mots croisés sur la nature

3 Complétez la grille avec des mots du texte correspondant aux définitions données. En remettant dans l'ordre les lettres des cases grisées, vous retrouverez le nom de la forêt qu'Emmi a su protéger : la forêt de ....

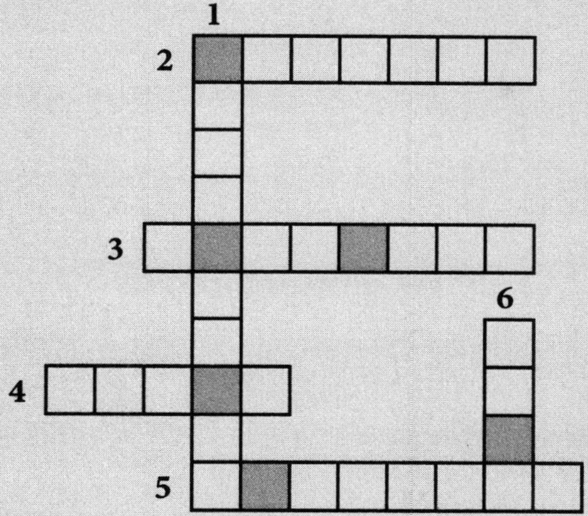

1. Emmi les fait cuire dans son pot de terre.
2. Emmi l'arrache car elle étouffe les jeunes chênes.
3. Le jeune porc gourmand voulait les déterrer.
4. Il a protégé Emmi qui en a fait son domicile.
5. Les lièvres aiment beaucoup danser sur cette plante.
6. Ce petit fruit fait un bon dessert pour Emmi.

Les ustensiles et les outils

4 Entourez les 7 objets dont Emmi se sert dans la forêt.

aiguille à tricoter – arc – casserole – cognée – corde – couteau – cuillère – duvet – ficelle – peau de chèvre – quenouille – sac de toile – sarclette – serpe

Emmi poète : comparaisons et métaphores d'hiver

5 Emmi devient poète lorsqu'il admire la nature en hiver. Entourez le groupe nominal auquel chacune des expressions poétiques suivantes renvoie :

a) « *Yeux de diamant* » : les étoiles / les yeux brillants du chat.

b) « *Édifice de cristal* » : le givre sur les feuilles / la petite chute du ruisseau.

c) « *Belles fées de la nuit et du silence* » : la neige sur les pins / les insectes nocturnes.

d) « *Dentelle noire* » : les silhouettes des arbres / les aiguilles de pins.

Les animaux du conte

6 Barrez les noms des 6 animaux qui ne sont pas cités dans le conte.

alouette – âne – canard – chat – chenille – cheval – chèvre – chien – chouette – cochon – couleuvre – écureuil – éléphant – fauvette – fourmi – girafe – hanneton – lapin – lièvre – loup – moineau – mouton – mulot – ours – perroquet – pivert – porc – poule – poulet – pourceau – ramier – rat – rossignol – sanglier – singe – vache – veau – vipère

Dossier Bibliocollège

Le Chêne parlant

1 L'essentiel sur l'œuvre

Écrit en 6 jours en août 1875, ce **conte pour enfants** est d'abord paru en octobre 1875 dans un journal pour adultes, la *Revue des Deux Mondes*. Il a ensuite été publié en 1876, après la mort de George Sand, dans le second tome des *Contes d'une grand-mère*.

Il s'agit d'un **conte initiatique** : Emmi, un enfant maltraité, s'est enfui dans la forêt ; grâce aux ressources de la nature, il découvre progressivement les valeurs nécessaires pour accéder à l'âge adulte.

Le Chêne parlant

Les *Contes d'une grand-mère* contiennent 13 contes merveilleux et fantastiques rédigés à partir de 1873. George Sand les a **écrits à l'intention de ses petites-filles** Aurore et Gabrielle.

Pour donner un cadre réaliste à ses contes situés dans différents lieux, George Sand s'est inspirée de ses nombreux voyages en France et de sa **grande connaissance des arbres, des plantes et des pierres**. Elle a aussi eu recours aux **thèmes folkloriques** de la région du Berry.

2 Le conte en un coup d'œil

Étapes du schéma narratif	*Le Chêne parlant*
Situation initiale	Emmi est un petit gardien de cochons orphelin et maltraité.
Élément perturbateur (ou déclencheur)	Menacé un jour par les cochons, Emmi se réfugie dans un vieux chêne dont on pense qu'il est enchanté et qu'il parle aux humains. Il s'y installe définitivement quand il apprend qu'il sera battu s'il rentre à la ferme.
Péripéties	• Emmi apprend à vivre en solitaire dans la forêt où il rencontre la Catiche, une fausse mendiante que l'on croit folle. • La vieille femme lui révèle son secret (elle n'est pas folle), l'amène chez elle, puis à la foire où elle veut le vendre à des saltimbanques. • Un gendarme intervient, mais Emmi ne trahit pas la Catiche. • Emmi rencontre le père Vincent, un brave bûcheron qui le prend sous sa protection et le fait travailler. Emmi vit de nouveau en société mais dort, tous les samedis soirs, dans son vieux chêne.
Élément de résolution	À sa mort, la Catiche lègue sa fortune à Emmi en récompense de sa bonne action. Emmi quitte définitivement le chêne parlant.
Situation finale	Emmi se marie avec une petite-fille du père Vincent. Garde forestier, il habite désormais dans une maison et y vit heureux en famille.

Caricature politique de George Sand
faite à Bourges en 1848.

3 Le monde de George Sand

UNE PÉRIODE POLITIQUE INSTABLE EN FRANCE

Des remous politiques

Après la révolution de 1789, la République a du mal à se mettre en place. Tout au long du XIXe siècle, les **monarchistes**, les **bonapartistes** et les **républicains** s'opposent violemment.

L'alternance politique

3 **républiques**, 2 **monarchies** (Restauration et monarchie de Juillet) et 2 **empires** alternent. La misère et l'inégalité sociale provoquent la colère du peuple. Plusieurs **révolutions** et **émeutes** sanglantes éclatent entre 1830 et 1871.

La misère ouvrière

La condition ouvrière est terrible : pas de protection sociale ni sanitaire ; heures de travail excessives ; **grande inégalité des salaires** entre les hommes, les femmes et les enfants… Il faudra attendre 1848 pour qu'une loi interdise le **travail des enfants** de moins de 8 ans.

La guerre contre la Prusse (1870-1871)

La capitulation française après la défaite de Sedan provoque la chute du Second Empire et de Napoléon III, la proclamation de la **IIIe République**, mais aussi la perte de l'Alsace et d'une partie de la Lorraine.

UN SIÈCLE DE MUTATIONS ET D'ÉVOLUTIONS

Abolition de l'esclavage

Le 27 avril 1848, grâce à **Victor Schœlcher**, l'esclavage est aboli dans l'ensemble du vaste empire colonial français qui s'étend sur tous les continents.

Droit de vote et laïcité

En 1848, le vote au **suffrage universel** est proclamé. Mais il n'est accordé qu'aux hommes, la femme restant encore juridiquement soumise à l'homme. L'Église catholique perd de son influence, et la **laïcité** s'instaure peu à peu.

Progrès scientifiques

La **science** et la **médecine** progressent nettement grâce aux recherches de grands savants (Jean-Baptiste Charcot, Claude Bernard, Louis Pasteur…).

Nouvelles technologies

L'exploitation de nouvelles **sources d'énergie** (pétrole, électricité) et la mise au point du **moteur à explosion** favorisent les **progrès de l'industrialisation** (métallurgie, textile, mécanique). Les villes se développent, ainsi que les banques et sociétés qui financent les inventions. De nouveaux **moyens de transport** (notamment le train) facilitent la circulation des produits et des hommes.

LA VIE ARTISTIQUE DE GEORGE SAND

Une artiste passionnée

George Sand a encouragé, aidé et correspondu avec de nombreux artistes, de tous horizons, dont elle a été l'**amie fidèle** (l'actrice Marie Dorval, le peintre Delacroix, les écrivains Balzac, Dumas père et fils, Flaubert…) et **parfois l'amante** (Chopin, Musset).

Une œuvre riche mais critiquée

Son œuvre, très fournie et variée (romans, contes, théâtre, articles, autobiographie, correspondance…), a été beaucoup lue et traduite de son vivant, mais a aussi été très critiquée car **ses idées étaient parfois jugées trop osées.**

Une auteure indépendante

Même si George Sand s'est beaucoup intéressée aux différents mouvements littéraires de son temps (romantisme, réalisme, naturalisme), **elle n'a jamais fait partie d'aucun courant.**

Une journaliste

George Sand a écrit dans plusieurs journaux durant plus de 40 ans. Ses articles traitaient de **sujets très divers** : tribunes politiques et sociales, critiques littéraires, polémiques, esthétiques, défense de ses proches, articles sur le folklore et le Berry…

LES COMBATS D'UNE FEMME DANS UN MONDE MASCULIN

Une féministe avant l'heure

George Sand a défendu la **liberté des femmes** dans une société uniquement gouvernée par les hommes. Elle s'est séparée de son mari et a eu recours au procès pour obtenir une séparation légale alors même que le droit de divorcer avait été supprimé en 1816. Connue pour ses nombreuses conquêtes, elle a revendiqué le **droit à l'amour libre**.

Une femme d'affaires avisée

George Sand a négocié ses contrats avec les éditeurs et géré son domaine de Nohant. Elle **a pourvu seule à ses besoins** et ceux de ses enfants en écrivant des livres et des articles de journaux.

Une auteure engagée

Proche du peuple, George Sand **s'est engagée auprès des républicains**. Elle a créé un journal politique. Elle **a condamné** avec force **toute forme de violence** et de terrorisme et s'est opposée, pour cela, à la répression qui a suivi la Commune de Paris après mai 1871.

Une militante en faveur du peuple

George Sand a milité pour l'**instruction du peuple** et a appris à lire et à écrire aux enfants de Nohant et de la région. Elle **a soigné** les paysans de son domaine **et aidé financièrement les plus pauvres**.

4 Le conte, un genre aux formes diverses

I – L'origine du conte

La transmission orale

Apparu au Moyen Âge (XIIe siècle), le mot *conte* désignait alors un événement inspiré de la réalité et raconté à l'oral. Le récit qui en était fait était généralement court et devait servir à divertir les auditeurs. C'est pourquoi on le diffusait largement, en le modifiant ou en l'exagérant le plus souvent.

À RETENIR

À l'origine, le « conte » est le récit court d'un fait inspiré de la réalité et raconté à l'oral pour divertir le public.

Le passage à l'écrit

Les contes ont ensuite été diffusés non plus oralement mais sous forme de livres, et lus aux nobles pour les distraire.
Le conte, en tant que genre littéraire, est né au XVIe siècle sous la plume d'écrivains italiens de la Renaissance.
En France, ce sont Charles Perrault, avec *Les Contes de ma mère l'Oye* (1697), et Mme d'Aulnoy, avec ses *Contes de fées* (1696-1697), qui, les premiers, se sont inspirés de petits récits populaires connus pour en faire des textes rédigés.
Ces écrits, très originaux en leur temps, s'adressaient essentiellement à un public adulte et cultivé.

Une narration organisée

Un conte traditionnel est généralement construit en **5 étapes** narratives :
– la **situation initiale** : présentation du cadre spatio-temporel (époque et lieu) et du héros ;
– la **perturbation** : un événement vient perturber la situation initiale ;
– les **péripéties** : l'ensemble des épreuves vécues par le héros ;
– la **résolution** : la fin des péripéties, grâce à un événement ;
– la **situation finale** : le héros se retrouve dans une situation stable, souvent plus heureuse qu'au début.

II – Un genre littéraire particulier

➡ Des histoires connues

Pour captiver les lecteurs tout en s'adaptant aux goûts de l'époque, les écrivains du XVIIe siècle utilisent les mêmes techniques que les conteurs à l'oral : ils enchaînent rapidement les actions, limitent le nombre de personnages, interpellent le lecteur, mêlent parfois le commentaire à la narration… Ils retranscrivent, dans un langage soigné, des histoires connues, en choisissant plutôt celles qui mêlent la réalité et le surnaturel, et créent ainsi le « conte merveilleux ».

À RETENIR

Peu à peu, les écrivains choisissent de retranscrire surtout des contes où dominent l'imaginaire et le surnaturel et inventent le « conte merveilleux ».

➡ Le conte merveilleux

Appelé également « conte de fées », le conte merveilleux contient des personnages surnaturels, comme des fées ou des sorcières, et un héros souvent inexpérimenté qui se confronte aux forces du Bien et du Mal dans un lieu et une époque indéfinis. Bien que les événements y soient extraordinaires (métamorphoses, conversations avec des animaux, des végétaux ou des objets…), le lecteur n'éprouve aucune surprise ni inquiétude car il sait que cet univers est une invention de l'auteur.

III – Un moyen d'éduquer

➡ Une portée morale

Tout en divertissant, le conte a aussi une portée morale, qui peut être implicite (le lecteur doit déduire le message caché derrière ce qu'il vient de lire) ou bien clairement exprimée, comme le faisait Charles Perrault en rédigeant des morales en vers à la fin de ses contes. En cela, le conte se rapproche de la fable parce qu'il invite le lecteur à s'interroger sur les actions des personnages.

À RETENIR

Si sa fonction première est de distraire, le conte permet aussi au lecteur de s'interroger sur les valeurs de la société et de comprendre certaines réalités de la vie.

➥ Un outil pour éduquer et faire comprendre

Par la suite, le conte s'est rapidement diversifié et est devenu un instrument d'instruction.

À partir du XVIIIe siècle, les éducateurs le privilégient pour aider leurs élèves à comprendre l'importance des valeurs individuelles et collectives. C'est avec cet objectif que Mme Leprince de Beaumont (*La Belle et la Bête*, 1756) écrit des contes pour les fillettes dont elle est la gouvernante.

Quant aux philosophes comme Voltaire (*Candide*, 1759), ils choisissent cette forme littéraire pour dénoncer de façon détournée les injustices et les abus de leur temps.

IV – Le conte au XIXe siècle : une littérature destinée aux enfants

➥ Une place plus grande pour l'enfant

Au XIXe siècle, la littérature enfantine est en plein développement car on accorde une place de plus en plus importante à l'enfant dans la vie familiale. Les pédagogues font aussi davantage attention à ses besoins et à son évolution. Les écrivains et les éditeurs, comme Pierre-Jules Hetzel (1814-1886), s'intéressent aux différentes périodes de l'enfance et de l'adolescence et proposent désormais de plus en plus de textes adaptés aux jeunes lecteurs d'âges différents.

➥ Des textes adaptés

Des contes littéraires classiques sont remaniés et abrégés afin de les rendre plus accessibles. Par exemple, en 1812, les frères Grimm transforment la fin du *Petit Chaperon rouge* en faisant intervenir un chasseur sauveteur qui n'existe pas dans la version de Perrault.

On les illustre également avec soin en faisant appel à des artistes célèbres comme Gustave Doré (1832-1883).

À RETENIR

Au XIXe siècle, on adapte les contes classiques pour les jeunes lecteurs, et l'on commence aussi à écrire des récits spécifiquement pour eux.

Certains écrivains basent leurs contes sur la vie réelle. Ainsi, le Danois Hans Christian Andersen (1805-1875) s'inspire de sa propre existence pour écrire *Le Vilain Petit Canard* (1842).

V – Les contes de George Sand

À RETENIR

Les contes de Sand initient les jeunes lecteurs en sollicitant leur imaginaire, en leur montrant la réalité et en leur suggérant d'écouter les leçons que donne la nature.

➡ Des récits d'apprentissage

George Sand, qui rédige ses *Contes d'une grand-mère* à partir de 1872, propose surtout des récits d'apprentissage. Ses jeunes héros, naïfs et humbles, évoluent dans des univers connus et au milieu de personnages qui pourraient exister. Ils découvrent la vie et ses difficultés. Ils sont confrontés à des épreuves plus morales que physiques qui les font grandir. Ils doivent faire preuve d'ingéniosité, de courage et de persévérance. Ils connaissent la peur, la solitude et le manque.

Après toutes ces épreuves, les héros de George Sand obtiennent une belle récompense : ils entrent dans la vie adulte en ayant pris confiance en eux. Ils ont aussi conscience de leur richesse intérieure, bien plus importante que la richesse matérielle.

➡ Susciter la curiosité pour comprendre le monde

Selon George Sand, pour vivre en pleine harmonie avec la nature (si importante pour elle), il faut savoir l'écouter et l'observer, la comprendre et l'aimer pour mieux la servir et la protéger. Tout comme les héros de ses contes, il faut donc vouloir la connaître et se montrer curieux et attentif à son égard.

De même, pour comprendre comment les adultes définissent le monde, il faut apprendre leur langage. Voilà pourquoi George Sand choisit un vocabulaire précis, souvent difficile pour les enfants auxquels elle s'adresse. En nommant avec exactitude ce dont elle parle, en expliquant, en reformulant, en comparant, elle partage son savoir du langage et le transmet. C'est aussi sa mission d'écrivain : faire connaître les mots qui permettront d'entrer dans l'imaginaire.

5 Paroles enchantées de la forêt

Dans *Le Chêne parlant*, Emmi a cru en la protection du vieux chêne, dont il a entendu, interprété et compris les paroles magiques. Il a su, ensuite, écouter le langage de la forêt, suivre ses enseignements et vivre avec elle en parfaite harmonie. En se mettant à son service, en l'observant et en réfléchissant, il est devenu un adulte responsable et solide.

Comme George Sand, d'autres auteurs ont mis leur imagination et leur sensibilité artistique au service de la nature afin de la glorifier. C'est ce qu'illustre ce groupement de textes, avec un poème du XIXe siècle du poète français Germain Nouveau, et des récits du XXe siècle de l'écrivain brésilien José Mauro de Vasconcelos et des auteurs français J. M. G. Le Clézio et Timothée de Fombelle.

Eux aussi ont donné la parole aux arbres, une parole enchantée qui met en lumière leur particularité et leur force, leur longévité en même temps que leur fragilité. Ces écrivains ont ainsi célébré la présence discrète mais si importante des arbres dans le monde des humains, qui oublient trop souvent de les écouter, de les voir et, surtout, d'avoir pour eux de la considération.

1 Germain Nouveau, *Poésies d'Humilis et Vers inédits*

Germain Nouveau (1851-1920) est un poète français. Il naît près d'Aix-en-Provence, enseigne un peu à Marseille et s'installe très jeune à Paris. Il y rencontre des poètes qui auront une grande influence sur lui, comme Stéphane Mallarmé, Charles Cros, et surtout Arthur Rimbaud (avec qui il se rendra un temps en Angleterre), puis Paul Verlaine, dont il restera longtemps l'ami. Ses poésies, parues pour certaines dans les journaux, ont été essentiellement publiées après sa mort.

EN FORÊT

Dans la forêt étrange c'est la nuit ;
C'est comme un noir silence qui bruit[1] ;

Dans la forêt, ici blanche et là brune,
En pleurs de lait filtre le clair de lune[2].

Un vent d'été, qui souffle on ne sait d'où,
Erre en rêvant comme une âme de fou ;

Et, sous des yeux d'étoile épanouie,
La forêt chante avec un bruit de pluie.

Parfois il vient des gémissements doux
Des lointains bleus[3] pleins d'oiseaux et de loups ;

Notes

1. **bruit** : murmure.
2. **En pleurs de lait filtre le clair de lune** : le clair de lune répand une lumière blanche ressemblant à du lait. Cette lumière diffuse passe entre les branches des arbres. Le poète la compare à des larmes qui s'écoulent peu à peu.
3. **Des lointains bleus** : des endroits éloignés qui sont moins éclairés par la lune, et donc plus sombres, d'un bleu plus soutenu.

Il vient aussi des senteurs de repaires[1] ;
C'est l'heure froide où dorment les vipères,

L'heure où l'amour s'épeure[2] au fond du nid
Où s'élabore en secret l'aconit[3] ;

Où l'être qui garde une chère offense[4],
Se sentant seul et loin des hommes, pense.

– Pourtant la lune est bonne dans le ciel
Qui verse, avec un sourire de miel,

Son âme calme et ses pâleurs amies
Au troupeau roux des roches endormies.

Germain Nouveau, *Poésies d'Humilis et Vers inédits*,
pièce publiée en 1873 ; texte établi par Ernest Delahaye,
éditions Albert Messein, 1924.

Questions sur le texte 1

A. Comment le poète donne-t-il l'impression au lecteur que les éléments de la nature sont des êtres humains ?

B. Quels bruits sont évoqués dans le poème ? D'où proviennent-ils ?

C. Relevez les mots et expressions qui rendent la forêt inquiétante. Comment peut-on expliquer le malaise ressenti par celui qui s'y trouve ?

D. De quelle façon le poète rassure-t-il le lecteur à la fin du texte ? Pourquoi le fait-il, selon vous ?

Notes

1. **repaires** : les différents endroits où dorment les animaux (terriers, antres, nids...).
2. **s'épeure** : prend peur.
3. **aconit** : plante toxique à fleurs bleues dont on peut faire un poison mortel. Au Moyen Âge, elle était réputée pour chasser les démons et les loups-garous.
4. **chère offense** : blessure morale intime.

2 José Mauro de Vasconcelos, *Mon Bel Oranger*

José Mauro de Vasconcelos (1920-1984) est un écrivain brésilien. Il est né dans une famille nombreuse très pauvre et s'est inspiré de son enfance pour écrire *Mon Bel Oranger* (en portugais *Meu Pé de Laranja Lima*), paru en 1968.
Zézé est un petit garçon de 5 ans, précoce et sensible, qui a appris à lire tout seul. Sa famille est très pauvre, et tout le monde le néglige ou le maltraite, mis à part sa grande sœur Glória et son petit frère Luís. Dans le jardin de la nouvelle maison où la famille va bientôt emménager, chaque enfant se choisit un arbre. Mais Zézé arrive trop tard : il ne reste plus que des orangers et un petit pied d'oranges douces…

> Je tirai la jupe de Glória.
> « Il n'y a plus rien.
> – Tu ne sais pas chercher comme il faut. Attends, je vais te trouver un arbre. »
> Et aussitôt elle vint avec moi. Elle examina les orangers.
> « Tu n'aimes pas celui-là ? Regarde quel bel oranger c'est. »
> Mais je n'en aimais aucun. Ni celui-là, ni celui-là, ni aucun. Ils avaient trop d'épines.
> « Plutôt que ces horreurs, je préfère encore le pied d'oranges douces.
> – Où ? »
> Je le lui montrai.
> « Oh ! le joli pied d'oranges douces ! Regarde, il n'a pas une seule épine et il a tellement de personnalité que de loin on devine que c'est le Pied d'oranges douces. Si j'avais ta taille, je ne voudrais pas autre chose.
> – Mais je voulais un grand arbre.
> – Réfléchis, Zézé. Il est encore très jeune. Il va devenir un oranger adulte. Il va grandir en même temps que toi. Tous les deux, vous vous comprendrez comme si vous étiez deux frères. Tu as vu cette branche ? C'est vrai que c'est la seule qu'il ait, mais on dirait un petit cheval fait exprès pour que tu montes dessus. »

Je me sentais le plus grand déshérité[1] du monde.

[...]

Je boudais. Je m'assis par terre et restai avec ma mauvaise humeur contre le pied d'oranges douces. Glória s'éloigna en souriant.

« Cette mauvaise humeur ne durera pas, Zézé. Tu finiras par découvrir que j'avais raison. »

Je grattais le sol avec un bout de bois et commençais à cesser de renifler. J'entendis une voix qui venait je ne sais d'où, contre mon cœur.

« Je trouve que ta sœur a raison.

– Tout le monde a toujours raison. Moi, jamais.

– Ce n'est pas vrai. Si tu me regardais bien, tu finirais par le découvrir. »

Effrayé, je levai les yeux et regardai l'arbuste. C'était étrange parce que je parlais toujours avec n'importe quoi, mais je pensais que c'était l'oiseau qui était en moi qui se chargeait des réponses.

« Mais tu parles pour de vrai ?

– Tu ne m'entends pas ? »

Il se mit à rire tout bas. Je faillis m'enfuir en hurlant dans le jardin. Mais la curiosité me retenait là.

« Tu parles par où ?

– Les arbres parlent de tous les côtés à la fois. Par les feuilles, par les branches, par les racines. Tu veux voir ? Colle ton oreille contre mon tronc et écoute mon cœur battre. »

Je n'étais pas très décidé, mais en regardant sa taille je cessai d'avoir peur. J'appuyai mon oreille et une chose, devant, faisait tic... tic...

[...]

– Monte sur ma branche. »

J'obéis.

« Maintenant, balance-toi et ferme les yeux. »

Note

1. **déshérité** : désavantagé et contrarié.

Je fis ce qu'il disait.

« Ça va bien ? Tu as déjà eu un aussi bon cheval dans ta vie ?

– Jamais. C'est un délice. Je vais pouvoir donner mon cheval "Rayon de Lune" à mon petit frère. Tu l'aimerais beaucoup, tu sais. »

Je descendis, j'adorais mon pied d'oranges douces.

« Écoute, je vais faire une chose. Chaque fois que je pourrai, avant que nous déménagions, je viendrai bavarder avec toi… Maintenant, il faut que je m'en aille, ils sont en train de partir.

– Mais on ne quitte pas un ami comme ça.

– Chut ! La voilà. »

Glória arriva au moment précis où je le serrais dans mes bras.

José Mauro de Vasconcelos, *Mon Bel Oranger*,
traduit du brésilien par Alice Raillard, Stock, 1971.

Questions sur le texte 2

A. Pourquoi Zézé n'aime-t-il pas les orangers ?

B. Quels arguments Glória emploie-t-elle pour convaincre Zézé de se choisir le pied d'oranges douces ?

C. Qu'est-ce qui attise la curiosité de Zézé et l'incite à poursuivre sa conversation avec le pied d'oranges douces ?

D. Pourquoi Zézé accepte-t-il finalement l'amitié que lui offre le pied d'oranges douces ?

3 J. M. G. Le Clézio, *Voyage au pays des arbres*

Jean-Marie Gustave Le Clézio est né à Nice en 1940. Il a beaucoup voyagé dès son enfance, connu de nombreux pays, étudié plusieurs langues, vécu au sein de diverses communautés et s'est beaucoup intéressé à la mythologie. Il a reçu le Prix Nobel de littérature pour l'ensemble de son œuvre en 2008.

Dans son récit *Voyage au pays des arbres*, il raconte l'histoire d'un petit garçon qui s'ennuyait, rêvait de voyager et finit par découvrir le pays magique des arbres. Il perçoit peu à peu leur langage et comprend que, grâce à eux, il ne sera plus jamais seul.

> Les gens qui ne savent pas apprivoiser les arbres disent que les forêts sont silencieuses. Mais dès que tu siffles, et que tu siffles bien, comme un oiseau, tu commences à entendre le bruit que font les arbres. Il y a d'abord ces bâillements et ces respirations aiguës. Puis tu perçois d'autres bruits. Il y a des coups lourds, comme s'il y avait un cœur qui battait quelque part sous la terre. Puis tout un tas de craquements, des branches qui se redressent avec des explosions, des feuilles qui se mettent à trembler, des troncs qui se dérident. Il y a surtout des bruits de sifflements, parce que les arbres te répondent. Ça c'est le langage des arbres. Si tu ne fais pas attention, tu peux croire que ce sont des oiseaux qui sifflent. Il faut dire que ça y ressemble beaucoup. Mais ce ne sont pas les oiseaux qui sifflent, ce sont les arbres. Le petit garçon avait appris à reconnaître le sifflement des arbres.
>
> [...]
>
> Ça l'amusait bien de siffler comme ça pour apprivoiser les arbres. Petit à petit, tous les arbres se mettent à parler, et quand ils parlent tous ensemble, ça fait un fracas de sifflements et de bâillements très bien à entendre.
>
> Ce qui est bien aussi quand on est dans le pays des arbres, et qu'on les a apprivoisés, c'est de savoir que les arbres pourront vous voir. Il y a des gens qui disent que les arbres sont aveugles, et sourds, et muets. Mais ce n'est pas vrai. Il n'y a rien de plus bavard qu'un arbre, quand il est apprivoisé. Et aussi ils ont des yeux partout, sur toutes les feuilles. Mais ça personne ne le sait. Comme les arbres sont un peu timides, ils gardent généralement leurs yeux fermés quand il y a un homme dans les environs. Le petit garçon lui, qui voulait voyager au pays des arbres, avait appris petit à petit à faire ouvrir les yeux. Il sifflait le plus

doucement qu'il pouvait, pas un air de musique, mais comme les arbres, une ou deux notes, très doucement. Alors sur toutes les petites feuilles agitées il voyait des yeux s'ouvrir les uns après les autres, lentement, comme les yeux des escargots. Il y a des yeux de toutes les couleurs, des noirs, des jaunes, des roses, des bleu foncé et des bleu pervenche[1]. Tous ils regardent le petit garçon assis au milieu de la clairière, et ça fait une drôle d'impression, parce qu'ils ont des regards très doux.

J. M. G. Le Clézio, *Voyage au pays des arbres*,
Gallimard Jeunesse, 2004.

Questions sur le texte 3

A. Montrez que le narrateur raconte l'histoire comme si c'était le petit garçon qui parlait.

B. Selon vous, à qui le narrateur s'adresse-t-il dans les 2 premiers paragraphes ? Quel est son objectif ?

C. Quelles sont les particularités du langage des arbres, d'après le petit garçon ?

D. Selon le petit garçon, à part le langage, quelle faculté extraordinaire les arbres possèdent-ils ?

4 Timothée de Fombelle, *Tobie Lolness*

Timothée de Fombelle est né à Paris en 1973. Il a d'abord été professeur de français, puis a fondé une compagnie de théâtre et écrit des pièces qu'il a mises en scène. Il a ensuite publié des romans pour la jeunesse et remporté son premier grand succès avec *Tobie Lolness* paru en 2006.

L'action de ce roman fantastique se déroule dans un arbre dont le peuple est constitué d'êtres minuscules mesurant 2 mm à peine. Le

Note

1. **pervenche :** d'un bleu couleur de la pervenche, une fleur presque mauve.

petit Tobie y vit heureux dans les Cimes, avec ses parents. Son père, Sim Lolness, est un savant réputé qui fait, un jour, une découverte fondamentale : l'arbre est vivant, ses ressources ne sont pas inépuisables, et à trop les exploiter on risque de le faire mourir. Mais cette vérité n'est pas acceptée par ceux qui profitent des richesses de l'arbre, et la famille de Tobie est exilée dans les Basses-Branches, une région sombre, humide et très peu peuplée. C'est là que Tobie grandit et apprend à réfléchir.

> C'était la quatrième année du long séjour dans les Basses-Branches. La vie y avait pris un rythme régulier.
>
> Par les grands froids, chacun hibernait[1] chez lui. Tobie oubliait l'existence de la lumière et s'enfermait au travail avec son père. Son corps devenait comme une branche endormie, tandis que son cerveau bourgeonnait.
>
> Il apprenait avec gourmandise, et les gros dossiers de Sim Lolness étaient dévorés en un temps record. On obligeait même Tobie à retravailler plusieurs fois sur un sujet, pour que la réserve de savoir ne s'épuise pas trop vite. Mais le professeur Lolness savait que la connaissance est un monde qui repousse sans cesse ses limites. Parfois, il comparait la connaissance à l'arbre lui-même.
>
> Car le père de Tobie défendait l'idée folle que l'arbre grandissait.
>
> C'était un des thèmes les plus méconnus, la vraie passion du professeur. Tous les savants se disputaient à ce sujet. L'arbre change-t-il ? Est-il éternel ? Quelle est son origine ? Y aura-t-il une fin du monde ? Et surtout : existe-t-il une vie en dehors de l'arbre ? Ces questions provoquaient un grand débat, sur lequel Sim Lolness ne partageait pas les idées à la mode.
>
> Son livre sur les origines avait été plutôt mal accueilli. Il y racontait l'histoire de l'arbre comme celle d'un être vivant. Il disait que les feuilles n'étaient pas des plantes indépendantes,

Note

1. **hibernait** : s'enfermait pour passer l'hiver en vivant au ralenti.

mais qu'elles représentaient les extrémités d'une immense force de vie.

Ce qui avait choqué les lecteurs, c'était que ce livre sur les origines parlait en fait de l'avenir. Si l'arbre était vivant comme une forêt de mousse, il était terriblement fragile. Il fallait prendre soin de cet être qui leur ouvrait ses bras.

Timothée de Fombelle, *Tobie Lolness*, Gallimard Jeunesse, 2006.

Questions sur le texte 4

A. Que fait Tobie durant l'hiver ? Pourquoi apprécie-t-il cette activité ?

B. Que pense Sim, le père de Tobie, à propos de l'arbre ? Pourquoi son livre sur les origines n'a-t-il pas été bien accueilli ?

C. Expliquez ce que Sim Lolness veut signifier lorsqu'il affirme à ses lecteurs que l'arbre est un *« être qui leur ouvrait les bras »*.

D. Selon vous, par quels moyens le peuple de l'arbre peut-il en prendre soin ?

6 Lecture d'images et histoire des Arts

1 *Le Chêne de Bodmer, forêt de Fontainebleau*, Claude Monet, 1865

Document 1

Huile sur toile, 96,2 × 129,2 cm,
Metropolitan Museum of Art de New York.

Claude Monet (1840-1926) est né à Paris mais a passé son enfance au Havre, en Normandie, où il a développé son goût pour la peinture en plein air, une pratique alors plutôt rare. Quand il retourne à Paris, en 1858, il va souvent peindre en pleine nature et particulièrement dans la forêt de Fontainebleau. Avec d'autres peintres comme Auguste Renoir, Monet invente la peinture impressionniste, dont le nom provient du titre de l'une de ses toiles : *Impression, soleil levant* (1872).
Les peintres impressionnistes s'appliquent à peindre ce qu'ils voient au moment où ils le voient, et non pas ce que le spectateur s'attend à voir ou ce qui serait susceptible de lui plaire. C'est le cas pour notre tableau montrant un endroit bien connu appelé « le Bas-Bréau », dans lequel Monet a fait alterner des zones d'ombres, de lumière et de couleurs. Et, s'il y a peint un chêne majestueux au premier plan, il n'a pas hésité non plus à représenter au second plan un arbre mort depuis longtemps…

Questions sur le document 1

A. À quel moment de la journée et en quelle saison ce paysage est-il représenté ? Justifiez votre réponse.

B. Quelle émotion, quel sentiment ce tableau provoque-t-il en vous ?

C. Le chêne représenté ici par Claude Monet vous semble-t-il correspondre à celui dans lequel s'est installé Emmi ? Pourquoi ?

2 *La Lecture des contes en famille*, Gustave Doré, 1862

Document 2

Frontispice des *Contes* de Charles Perrault publiés par Pierre-Jules Hetzel en 1862. Gravure réalisée par François Pannemaker. Gravure sur bois, tirée sur vélin fort, 19,5 × 24,5 cm, et colorisée *a posteriori*.

Gustave Doré (1832-1883) est un dessinateur, caricaturiste, peintre, graveur, sculpteur et illustrateur réputé du XIXe siècle. Il a d'abord fait paraître des dessins humoristiques et des caricatures dans des journaux satiriques tels que *Le Journal pour rire*. Il a également peint plusieurs tableaux qui ont été exposés dans les Salons de peinture. Mais c'est avec l'illustration de grands classiques de la littérature, comme les *Œuvres* de Rabelais (1854), les *Contes* de Charles Perrault (1862) ou les *Fables* de La Fontaine (1868), qu'il connaîtra véritablement le succès. Son illustration de *La Bible* (1866) le rendra célèbre dans le monde entier.

Questions sur le document 2

A. Qui sont les personnages représentés sur l'image ? Que font-ils ?

B. À quelle époque, quel moment de la journée et dans quel endroit se situe la scène ? Indiquez et commentez les éléments de l'image qui vous ont permis de répondre.

C. Observez les attitudes et les expressions des différents personnages. Quels sentiments variés expriment-ils ?

7 Et par ailleurs…

George Sand a fait d'un vieux chêne le héros d'un conte. Toute sa vie, la célèbre romancière a défendu les arbres et la nature en général. C'est ce que font aussi beaucoup de nos contemporains.

RENCONTRER SAND

George Sand passa toute son enfance au domaine de Nohant et y vécut adulte. Elle y écrivit ses romans les plus célèbres. Il se trouve dans la région du Berry, près de Châteauroux. On peut le visiter et aussi le découvrir en images sur le site www.maison-george-sand.fr.

Pour vous imprégner de l'atmosphère parisienne du milieu du XIXe siècle et retrouver le souvenir de George Sand dans un quartier où elle vécut, visitez les 3 salles qui lui sont consacrées au musée de la vie romantique (16 rue Chaptal, 75009 Paris) et sur le site www.museevieromantique.paris.fr.

ÉCOUTER SAND…

L'enregistrement audio du *Chêne parlant* et ceux d'autres contes écrits par George Sand sont en accès libre sur le site www.litteratureaudio.com/livre-audio-gratuit-mp3/sand-george-contes-dune-grand-mere.html.

… ET CHOPIN

Le CD *Chopin & Sand : la maison enchantée du piano* vous fera découvrir la musique que le célèbre pianiste composa alors qu'il vivait avec George Sand (coll. « Le Coffret des musiciens », Bleu nuit édition, 2010).

POUR LES AMOUREUX DES ARBRES

L'association A.R.B.R.E.S., créée en 1994, s'intéresse aux « arbres remarquables » qu'elle veut protéger et faire connaître à travers les traditions et l'histoire des communes où ils se situent. Pour ses adhérents, elle organise des sorties sur le terrain qui peuvent durer plusieurs jours : www.arbres.org.

SAND EN BD

Bruno Forget s'est inspiré de l'œuvre de George Sand dans ses 2 volumes des *Légendes rustiques,* parus aux éditions La

Bouinotte en 2016. On y retrouve en images les monstres et follets qui peuplent les contes de la romancière.

Pour raconter la vie de George Sand et sa mort en juin 1876, Christian Rodolphe et Marc-Renier ont uni leurs talents dans *Le Dernier Visiteur de George Sand,* une bande dessinée parue en 2006 aux éditions du Patrimoine – Centre des monuments nationaux.

DES ARBRES À LIRE

Pour apprendre des choses surprenantes sur les arbres, nous vous conseillons la lecture de 3 livres : *Écoute les arbres parler – À la découverte de la forêt* de Peter Wohlleben (Michel Lafon, 2017), *La Vie secrète des arbres* d'Alain Pontoppidan (Actes Sud Junior, 2004) et *L'Arbre* d'Hélène Montardre (coll. « Qui es-tu ? », Mango Jeunesse, 2003).

PORTRAIT

ÉCOLOTHÈQUE

L'écolothèque située à Montpellier est une ferme pédagogique dont la mission principale est de sensibiliser et d'éduquer, notamment les jeunes élèves, aux sciences de la vie et aux enjeux de l'environnement. Les organisateurs ont, ainsi, imaginé de faire de l'arbre le héros d'un jeu de découverte passionnant : *L'Arbre… ce héros* (ecolotheque.montpellier3m.fr/pedagotheque/l-arbre-ce-heros).

CONSEILS de LECTURE

- Une biographie très illustrée : *George Sand, un diable de femme* d'Anne-Marie de Brem, coll. « Découvertes Gallimard », Gallimard, 2002.
- Un petit livre joliment illustré pour apprendre en s'amusant : *George Sand* de Clémentine V. Baron, Quelle Histoire éditions, 2016 (existe aussi en format numérique).
- D'autres contes de Sand : *Contes d'une grand-mère*, coll. « Contes et Merveilles », Hachette Jeunesse, 2004.
- L'histoire d'un aristocrate qui décide, un jour, de passer sa vie dans un arbre : *Le Baron perché* d'Italo Calvino, traduction de l'italien par Juliette Bertrand, illustrations de Yan Nascimbene, Seuil, 2005.
- Une saga d'aventures fantastiques en plusieurs tomes : *Les Mondes de l'arbre* de Sophie Henrionnet, Play Bac, 2017.

Dans la même collection

Dans la même collection (suite et fin)